UNA NOTTE DI SCANDALO

DARCY BURKE

Traduzione di
ERNESTO PAVAN

UNA NOTTE DI SCANDALO

Jack Barrett è un ambizioso deputato che non ha né il tempo né la voglia di prendere moglie. Quando scopre la sorella del duca di Eastleigh intrufolarsi in uno dei club privati per gentiluomini di Londra, rimane sconvolto – e pericolosamente affascinato – e assume il ruolo di protettore, solo per scoprire che lei ha i mezzi per distruggerlo.

La paria sociale lady Viola Fairfax si traveste da uomo per scrivere una rubrica su una popolare rivista femminile. Quando incappa per caso in uno scandalo in divenire che vede coinvolto un famoso deputato, coglie l'occasione per affermarsi come vera giornalista. Tuttavia, l'uomo insopportabile e inebriante potrebbe anche non essere il radicale che si presume, e più tempo loro due trascorrono insieme, più Viola rischia di fare l'unica cosa che ha giurato di non fare mai: innamorarsi.

Il Club dei Duchi Malandrini

Ecco a voi gli indimenticabili frequentatori della più famosa taverna di Londra, il Duca Malandrino. Belli e seducenti, con fascino e arguzia da vendere, una notte con questi libertini e farabutti non basterà mai...

Una notte di seduzione di Erica Ridley
Una notte di abbandono di Darcy Burke
Una notte di passione di Erica Ridley
Una notte di scandalo di Darcy Burke
Una notte da ricordare di Erica Ridley
Una notte di tentazione di Darcy Burke

Iscrivetevi alla mia newsletter (al momento solo in inglese) a https://www.darcyburke.com/readerclub per esclusive riservate ai membri, comprese dritte anticipate su preordini e notizie sempre fresche, nonché contest, giveaway, omaggi e offerte di libri a 99 centesimi!

Volete condividere l'amore per i miei libri con altri lettori dai gusti simili? Volete farmi compagnia e avere notizie sempre fresche? Unitevi alle Duchesse di Darcy.

Agli insegnanti

Voi motivate, coltivate e ispirate.
E io vi ammiro moltissimo.

CAPITOLO 1

Londra, aprile 1817

"*T*avistock!"

Lady Viola Fairfax sorrise al benvenuto gridato dagli uomini seduti nella sala principale della taverna del Duca Malandrino, facendo sì che i nuovi baffi finti che portava incollati alle guance le tirassero la pelle. Dopo due anni, non provava quasi più la scomodità del travestimento da gentiluomo, ma le basette avevano avuto bisogno di un rimpiazzo, come capitava ogni tanto.

Dopo uno scambio di piacevolezze con alcuni clienti regolari, Viola prese posto a un tavolo. Quasi subito, una delle cameriere, Prudence, le mise di fronte un boccale di birra. Prudence strinse gli occhi in un'espressione scaltra e Viola si chiese – non per la prima volta – se ella avesse indovinato che Tavistock era una donna.

Viola non ne sarebbe rimasta stupita. Anzi, semmai si sarebbe stupita di essere ancora in grado di ingannare tutti. Beh, tutti tranne suo fratello e il migliore amico di lui, i proprietari della taverna.

Aveva rivelato la sua identità – in segreto – a Val la prima sera in cui si era presentata nelle vesti di Tavistock. Val era rimasto sconvolto nell'apprendere che lei aveva deciso di vestirsi da uomo per scrivere articoli su ciò che accadeva al Duca Malandrino per conto della Ladies' Gazette. Inizialmente, suo fratello aveva cercato di dissuaderla, ma c'erano voluti meno di cinque minuti per convincerlo che lei aveva bisogno di farlo, che scrivere avrebbe riempito un vuoto nella sua vita.

Pur avendo capito e avendole persino offerto il suo appoggio, Val aveva insistito affinché lei confidasse il segreto anche al suo socio, il duca di Colehaven. In quanto proprietari del Duca Malandrino, i due erano responsabili di ciò che accadeva all'interno del locale e, poiché le loro porte erano aperte a chiunque avesse un intento pacifico, era giusto che entrambi sapessero che la sorella di Val si travestiva da uomo. Soprattutto perché lei aveva intenzione di farlo su base regolare.

Viola sorseggiò la sua birra. Come al solito, Cole aveva realizzato una bevanda magnifica. A meno che non fosse stata sua moglie a creare la ricetta. Viola sorrise tra sé; sì, doveva essere merito di Diana.

"Langford!" fu il saluto successivo, quando Giles Langford entrò nella taverna.

Langford, un uomo a suo agio tanto nel guidare un veicolo quanto nel costruirne uno, si sedette alla sua sinistra. "Che piacere, Tavistock. Erano settimane che non vi si vedeva."

"Ho avuto da fare." Camuffare la voce per trasformarla in quella, più bassa di un'ottava, di Tavistock, le veniva ormai istintivo.

"È arrivato il momento di un altro articolo, eh?" Langford sorseggiò la sua birra. "Ma qualcuno le legge, le stravaganze che scrivete?"

Si stava riferendo a lei, piuttosto che a S. D. Tavistock, noto articolista della *Ladies' Gazette*, una rivista mensile. Viola si sforzò di mantenere il tono di voce, nonostante la domanda fastidiosa di Langford, mentre volgeva lo sguardo a quello dell'uomo. "Cosa vi fa pensare che siano stravaganze?"

"Non volevo offendervi. È solo che pensavo che non scriveste davvero quello che succede qui, per cui intendevo 'stravaganze' nel senso letterale del termine." L'uomo si strinse nelle spalle.

"Insomma, voi non leggete quello che scrivo." Viola sbuffò prima di bere un sorso.

Langford rise. "Perché diamine dovrei leggere la *Ladies' Gazette*?"

L'uomo non aveva tutti i torti. Lei stessa faticava a leggere quella rivista. Gli articoli erano scritti da uomini, ma si rivolgevano alle donne, come se gli autori fossero a conoscenza di ciò che una donna aveva voglia di leggere. Anzi, l'intera rivista era prodotta – in maniera idiota – da uomini. La prima volta in cui Viola aveva chiesto di scrivere per il periodico, la direzione l'aveva informata con fermezza che non assumevano donne. Inoltre, erano parsi inorriditi alla sola idea. Come se lei fosse un qualche mostro invece che una rappresentante del pubblico che la rivista cercava di raggiungere.

Per puro divertimento, Viola aveva ritentato un mese dopo. Se la rivista assumeva solo uomini, lei avrebbe dato loro ciò che volevano.

La seconda volta, si era firmata Samuel Darius Tavistock, scapolo straordinario con un punto di vista privilegiato su ciò che accadeva al Duca Malandrino, la taverna più famigerata di Londra, di proprietà di due duchi e frequentata da persone provenienti da tutti gli strati della società, dal nobile al fabbro seduto in quel momento accanto a Viola.

L'editore si era mostrato felicissimo dell'idea di Ta-vistock per "Osservazioni sui Gentiluomini" e la ru-brica era apparsa ogni mese per gli ultimi due anni.

Sebbene ciò le desse l'opportunità di scrivere *qualcosa*, Viola avrebbe voluto fare altro. Avrebbe voluto scrivere qualcosa di importante.

Aveva cominciato una dozzina di manoscritti e non ne aveva finito nessuno. Aveva abbozzato pamphlet che affrontavano argomenti quali le di-suguaglianze elettorali e le forti disparità tra i ricchi proprietari terrieri e i lavoratori poveri, ma nessuno di essi era stato pubblicato. Forse era ora che lei pensasse di pubblicarseli da sola. Di certo, Val l'avrebbe aiutata.

O forse no.

I suoi pamphlet avrebbero potuto creare pro-blemi a Val, considerate le sue responsabilità nella Camera dei Lord. Se qualcuno avesse saputo che la sorella del duca di Eastleigh scriveva e pubblicava pamphlet riformisti, sarebbe scoppiato uno scan-dalo. E, anche non considerando come esso avrebbe potuto influenzare Val e Viola, la loro nonna avrebbe avuto un colpo apoplettico.

Ripensando al commento di Langford, Viola dovette ammettere che il fabbro aveva ragione. Quelle che scriveva erano stravaganze. Non nel senso che fossero immaginarie, ma che, nel grande schema delle cose, erano completamente insignifi-canti. A chi importava come si comportavano i no-biluomini quando si ritrovavano in una taverna?

Una coppia di gentiluomini entrò accompa-gnata da un coro di "Caldwell!" e "Sir Humphrey!" Deputati, i due erano tra i numerosi politici che frequentavano il Duca Malandrino. Invece di se-dersi, si recarono al bancone del bar, dove Doyle, il barista, servì a ciascuno una birra.

Caldwell, un uomo alto e sottile dai penetranti occhi azzurri, le aveva sempre ricordato un rapace. L'uomo sembrava valutare ogni situazione in cerca di punti vulnerabili; o almeno, era così che la faceva sentire. Sir Humphrey era molto più affabile: scherzava spesso ed era sempre ansioso di far ridere le persone che lo circondavano. Ammorbidiva gli spigoli duri di Caldwell, rendendo l'altro uomo leggermente più sopportabile, e poiché i due erano quasi sempre insieme, Viola si era spesso chiesta se fosse proprio quello il motivo per cui Caldwell aveva fatto amicizia con lui.

Sir Humphrey si voltò verso il tavolo. "Buonasera, ragazzi. È bello rivedervi, Tavistock. Era da un pezzo che non passavate. Dev'essere ora di un nuovo articolo. Vediamo se riesco a pensare a qualcosa di sensazionale per voi." L'uomo tamburellò le dita contro le proprie labbra sottili.

"Sono qui solo per osservare," disse Viola. "Se siete voi a dirmi qualcosa, il risultato non è altrettanto autentico." E tuttavia, sir Humphrey faceva così tutte le volte che lei lo vedeva. Evidentemente, stava cercando di farsi menzionare nella rubrica. Forse, questo mese, lei avrebbe soddisfatto il suo disperato desiderio. "A meno che non si tratti di qualcosa che le lettrici della *Ladies' Gazette* devono *per forza* sapere."

"Il visconte Orford sta cercando moglie." Sir Humphrey agitò le sopracciglia. "Ve l'ho detto io per primo."

Caldwell levò gli occhi al cielo. "Ignoratelo," disse energicamente. Quindi lanciò a Viola un'occhiata velata di... umorismo? "Andiamo, vecchio mio." Caldwell trascinò sir Humphrey – che non era 'vecchio', ma probabilmente aveva solo un decennio in più di Viola, che di anni ne aveva ventisei

– nella sala privata dove si poteva conversare in maniera più intima.

Langford strinse gli occhi guardando i due e sbuffò mentre uscivano. "Probabilmente, devono farsi venire in mente qualche modo migliore per defraudare i lavoratori." Il fabbro finì la birra e si alzò.

Viola lo guardò. "Prima che ve ne andiate, c'è qualche corsa imminente che posso citare nella mia rubrica?"

Giles Langford era esattamente il genere d'uomo di cui le lettrici della *Ladies' Gazette* volevano leggere. Coi suoi capelli dorati, il sorriso devastante e la sua abilità nell'uso del frustino, faceva cadere ai suoi piedi donne di tutte le età e di tutte le classi sociali. Quello era un uomo che le donne sognavano.

Ma non Viola. Lei non sognava nessuno.

Nessun uomo.

"Passate da Rotten Row questo sabato all'alba, se volete vedere Adolphus Fernsby scoppiare in lacrime," disse Langford, gli occhi nocciola che brillavano. Nei raduni del *ton*, Fernsby era un fastidio, nel migliore dei casi. Sulla pista da corsa, era persino peggio: era famigerato per i discorsi arroganti secondo i quali lui, la sua carrozza e i suoi cavalli sarebbero stati migliori di quelli di tutti gli altri.

"Con chi gareggerà?" chiese Viola.

Langford fece un gran sorriso. "Con me."

Viola non riuscì a non ricambiare il sorriso. Non dubitava che la maggior parte degli uomini in quella taverna sarebbe stata lì a fare il tifo per uno dei loro.

Viola sollevò il boccale all'indirizzo del fabbro. "Grazie per la dritta." Langford inclinò la testa prima di andarsene.

Dopo aver chiacchierato con qualche altro gentiluomo mentre sorseggiava la sua birra, Viola si alzò e si recò nella saletta privata. Era lì che, di solito, coglieva quei pettegolezzi che avrebbero potuto essere interessanti per i lettori della *Ladies' Gazette*.

Diversi dei tavoli della saletta erano occupati da due, tre o quattro gentiluomini. Viola passò lo sguardo sulla stanza, catalogando mentalmente i presenti, la maggior parte dei quali le era nota. Gregory Pennington, un altro deputato, entrò dopo di lei. Era un uomo piuttosto massiccio – largo di vita e con un collo che sembrava voler scomparire – e lei dovette avanzare nella stanza per fargli spazio. Viola lo seguì con lo sguardo mentre egli raggiungeva il tavolo di sir Humphrey e Caldwell. Le teste dei tre uomini si piegarono verso il centro del tavolo mentre cominciavano a parlare animatamente.

Due gentiluomini popolari, il marchese di Raymore e il visconte Keswick, erano seduti a un tavolo e ridevano. Viola si incamminò nella loro direzione e prese posto vicino al caminetto, in modo da ascoltare almeno qualche frammento della conversazione. I due stavano discutendo ciò che, al momento, era sulla bocca di molte persone: le nuove leggi sulle assemblee sediziose.

"Attenzione," disse ridendo Keswick. "Se qualcuno dicesse la cosa sbagliata a un ballo, potrebbe andare contro la legge!"

Entrambi gli uomini ridacchiarono mentre Viola sorseggiava la sua birra. La legge era orribile, ma tutti erano in stato di forte agitazione dopo i tumulti di dicembre e l'aggressione subita dal Principe Reggente a gennaio... il tutto era responsabilità di certi radicali che si radunavano in massa e, a quanto pareva, progettavano attentati. O così credevano alcuni.

Sir Humphrey e Caldwell si alzarono e se ne andarono, e Pennington si spostò al tavolo di Raymore e Keswick. Il suo sguardo vagò e, un attimo dopo, i suoi occhi piccoli e scuri si orientarono verso Viola. "Tavistock, unitevi a noi!" la invitò.

Viola guardò Raymore e Keswick, dato che Pennington si era seduto senza invito e che ora stava incoraggiando lei a raggiungerli. "Se a voi non dispiace."

"Assolutamente no," disse Keswick, indicando la sedia libera rimasta. "È bello vedervi, Tavistock. Possiamo parlare liberamente, ora che siete arrivato, o dobbiamo aspettarci che qualunque cosa diciamo apparirà sulla *Ladies' Gazette*?" L'uomo rise e gli altri due gentiluomini sorrisero in risposta.

"Io sono sempre gentile," disse Viola, muovendo la mano in un gesto elaborato. "A meno che qualcuno non meriti di vedere rivelata la sua vera natura." Strinse gli occhi all'indirizzo degli uomini e ridacchiò, la qual cosa strappò una nuova risata a Keswick.

"Meglio non provocare la collera di Tavistock, eh, Pennington?" Keswick diede di gomito a Pennington.

Pennington rivolse a Viola un sorriso arrogante. "Bah, non sono preoccupato da ciò che potrebbe scrivere su un periodico *femminile*."

Ora, Viola avrebbe assolutamente cercato di trovare qualcosa da scrivere su di lui.

Pennington tirò su col naso. "Ci sono cose molto più importanti di cui parlare che quali uomini hanno bisogno di inamidare il fazzoletto." Come se fosse *quello* ciò di cui scriveva Viola. Beh, a volte lo era.

"Allora datemi qualcosa di più importante di cui scrivere," lo sfidò, fissandolo dritto negli occhi.

Pennington lanciò un'occhiata a Raymore,

quindi chiuse la mano attorno al suo boccale. "D'accordo. Si dice che un certo deputato si sia allineato coi radicali."

Keswick agitò la mano. "Ci sono molti deputati che simpatizzano con quella gente."

"Un conto è simpatizzare, ma quando cominciano ad aiutarla..." Pennington sollevò una spalla. "Quello è completamente diverso."

Il cuore di Viola fece un salto e una capriola. "State dicendo che un deputato li ha aiutati? In che modo?"

"Non avevate detto che era solo una voce?" chiese Raymore. Quando Pennington annuì, il marchese prese in mano la birra. "In tal caso, è probabilmente meglio non diffondere pettegolezzi."

"Ma i pettegolezzi sono il pane quotidiano di Tavistock," disse Keswick, ammiccando all'indirizzo di Viola.

Se c'era del vero in quella voce, si trattava di ben più che 'pettegolezzi.' La mente di Viola si mise all'opera. Come fare a scoprire la verità?

Pennington si alzò. "Beh, io me ne vado da Brooks's. Cin cin!" L'uomo sollevò il boccale e tornò nella sala principale.

Raymore scosse la testa. "Nessuno sarebbe tanto sciocco da aiutare i radicali. Non dopo quello che è accaduto."

Viola era d'accordo: quell'ipotetico deputato sarebbe stato davvero sciocco. L'*habeas corpus* era stato sospeso il mese prima e ora chiunque poteva essere imprigionato per qualunque motivo. Era un'epoca pericolosa per chi perseguiva il cambiamento e l'uguaglianza.

"Forse lo ha fatto in passato," rifletté ad alta voce Keswick. "Come stavo dicendo, ci sono molti deputati che alcuni considerano 'radicali.' Barrett ad esempio."

Viola prese nota di quel nome. Si alzò di scatto. "Scusatemi, signori, ma devo socializzare." In verità, aveva una gran voglia di andarsene…

Mentre si dirigeva nuovamente verso la sala principale, fu costretta a fermarsi di colpo prima di andare a sbattere contro suo fratello, Valentine Fairfax, duca di Eastleigh. Le sopracciglia bionde di Val si aggrottarono sopra ai suoi occhi verdi. "Tavistock, non sapevo che sareste venuto qui stasera." Pur parlando a voce bassa, si rivolse comunque a Viola col nome falso.

"A dire il vero, stavo uscendo."

Val girò l'angolo e lei ebbe la sensazione di doverlo seguire. Suo fratello abbassò ancora di più la voce. "Dovresti dirmi quando hai in mente di venire qui."

"E allontanarti da Isabelle?" Viola si riferiva alla sposa novella di Val, che lui adorava. "Non intendo rovinare la tua neonata – e ben meritata – felicità."

"Come se io non venissi qui praticamente tutti i giorni."

"Lo so, ma non trascorri più nemmeno lontanamente tanto tempo qui quanto ne trascorrevi prima. E lo stesso vale per Cole. Siete troppo impegnati a godervi la vita da sposati. Com'è giusto che sia."

Val si accigliò. "Avevamo un accordo. Se tu vuoi continuare con questa sciarada, devi farlo sotto la mia supervisione."

Viola gli rivolse un sorriso di scuse. "Tu non sei sempre qui e io ho una rubrica da scrivere. Comunque, adesso vado via. Ti prometto che la prossima volta ti informerò."

"Dov'è la nonna?" chiese Val.

Viola viveva con la loro nonna e, occasionalmente, usciva con lei la sera, a seconda della destinazione. Per la maggior parte del tempo, tuttavia, preferiva stare a casa... o andare al Duca Malandrino. "A una serata di gioco a carte."

"Se solo sapesse..." mormorò Val.

"Non lo saprà mai." Viola lanciò un'occhiata alla sala per vedere se qualcuno avesse notato il loro bisbigliare nell'angolo. Sembrava che così non fosse.

"Forse è ora che tu la smetta di comportarti così. Ogni volta che ti travesti da Tavistock, corri il rischio di essere scoperta."

"Dopo tutto questo tempo, dubito fortemente che ciò accadrebbe. Tuttavia, stando qui a mormorare attiriamo l'attenzione. Ora vado. Porta il mio affetto a Isabelle."

"Lo farò. Tu vai dritto a casa," disse Val.

Viola annuì, quindi uscì nella sala principale e lasciò il boccale al bancone. Dopo aver salutato Doyle, lasciò la taverna e fermò una vettura pubblica.

"Destinazione?" chiese il vetturino.

La pregustazione sbocciò in lei mentre rifletteva su dove andare. "Da Brooks's."

CAPITOLO 2

*J*ack Barrett uscì da Brooks's, ansioso di incamminarsi. Non fosse stato per l'incontro organizzato da uno dei suoi colleghi deputati, non sarebbe nemmeno andato al club. Preferiva di gran lunga l'atmosfera informale e conviviale del Duca Malandrino.

"Grazie per essere venuto, questa sera," disse alle sue spalle il visconte Orford, spingendo Jack a voltarsi. Orford aveva partecipato all'incontro. Sebbene loro non andassero sempre d'accordo – il visconte veniva da uno dei cosiddetti 'borghi putridi ' e non apprezzava gli interventi di Jack contro di essi – si ritrovavano spesso a lavorare nelle stesse commissioni.

Jack esalò il fiato. "Temo che sia stata una perdita di tempo."

"Io no. Qualunque occasione in cui cerchiamo di superare le nostre differenze politiche è tempo ben speso." Orford, un uomo muscoloso, gli diede un'energica pacca sulla spalla. "Attenderò con ansia il nostro prossimo dibattito."

"Anch'io." Jack si voltò, con l'intenzione di spostarsi sul marciapiede, e per poco non urtò Gregory Pennington, un deputato il cui nonno titolato era l'unica ragione per cui era socio di Brooks's.

"Buonasera, Barrett," lo salutò Pennington. "Non stavate uscendo, vero?"

"A dire il vero, sì. Il mio incontro si è appena concluso."

Gli occhi scuri di Pennington si spalancarono. "Incontro? Spero che non foste più di cinquanta." L'uomo ridacchiò come se l'Atto sulle Assemblee Sediziose fosse stato uno scherzo invece che un abominio.

Jack strinse i denti. "No. Una volta entrato, tuttavia, potrete notare come ci siano almeno cinquanta persone nella sala riservata."

"Ma stanno parlando e giocando d'azzardo, non discutendo l'organizzazione di disordini."

Inarcando un sopracciglio, Jack decise di provocare l'uomo. "State dicendo che il nostro incontro era volto a provocare disordini?"

"Stavo scherzando," disse Pennington, imbronciandosi. "Vedo che non avete senso dell'umorismo su questo argomento."

"Assolutamente no. Ora, se volete scusarmi, sto andando al Duca Malandrino." Che poi era il luogo in cui Jack, di solito, incontrava Pennington.

"Vengo proprio da lì." L'attenzione di Pennington si concentrò su qualcosa dietro le spalle di Jack. "A proposito del Duca Malandrino, è Tavistock quello?"

L'aria sfuggì in un soffio dai polmoni di Jack mentre lui si voltava e cercava febbrilmente con lo sguardo l'uomo in questione. Eccolo lì, sul marciapiede, che contemplava l'ingresso del club, una figura minuscola nel suo tipico costume troppo largo.

Pennington si era già incamminato verso Tavistock prima che Jack potesse fermarlo. E comunque, cosa avrebbe potuto dire lui? Finì col borbottare "Per tutti i diavoli," mentre seguiva Pennington.

"Tavistock," disse Pennington. "Non sapevo che foste diretto qui. Avremmo potuto dividere una vettura."

Tavistock annuì vagamente. "L'ho deciso d'impulso. Pensavo di venire a vedere cosa posso trovare riguardo a ciò che avete detto prima."

"Davvero?" Pennington si accarezzò il mento. "Entriamo. Berremo un po' di brandy e daremo un'occhiata in giro." Sorrise a Tavistock, la qual cosa non piacque per nulla a Jack. Cosa aveva detto Pennington per attirare Tavistock da Brooks's, di cui Tavistock *non* era certamente membro?

Jack rivolse a Pennington un sorriso disinvolto, per poi lanciare un'occhiata dura all'*uomo* più giovane. "Che fortuna. Dovevo giusto fare due chiacchiere con Tavistock."

"Ah, bene. Io entro, allora." Pennington lanciò un'occhiata a Tavistock. "Venite a cercarmi quando avrete finito. Magari avrò delle notizie per voi." Le sue labbra si allargarono in un sorriso entusiasta prima che egli entrasse nel club.

Tavistock non incrociò lo sguardo di Jack, non del tutto. "Perché dovevate parlarmi?"

"Facciamo due passi." Jack si voltò, ansioso di allontanare Tavistock dall'ingresso. "Stavo giusto andando al Duca Malandrino. Possiamo dividere una vettura."

"Come ho già detto, sono appena arrivato, per cui non voglio andarmene così presto." Il tono di voce di Tavistock era affabile. "Avete sentito Pennington. Abbiamo in mente di bere qualcosa."

Jack fece un passo verso Tavistock e abbassò la voce, riducendola a un mero sussurro. "Se entrate, è probabile che qualcuno si renda conto che non siete socio."

"Come fate a sapere che non sono socio?" Le guance di Tavistock si colorirono al di sopra dei favoriti castano scuro. Erano assolutamente ridicoli, solo leggermente peggiori di quella parrucca ispida.

"Perché l'ultima volta che ho controllato, Brooks's non ammetteva donne tra i suoi soci."

Il colorito visibile oltre i peli finti di lady Viola Fairfax svanì, fino a quando lei non fu del colore dell'alabastro.

"Andiamo?" Per poco Jack non le offrì il braccio. Chissà cosa avrebbe detto la gente se lo avesse fatto!

La giovane serrò le labbra in una linea decisa e lanciò un'occhiata alla porta. La sua esitazione era insopportabile. "Non potete entrare. Se vi scoprissero..." Jack scosse energicamente la testa. "Eastleigh lo sa che siete qui?"

"Non è affar vostro." Lady Viola riuscì a mantenere la voce di 'Tavistock,' pur sussurrando, e per quello lui dovette ammirarla.

"Allora lo chiederò a lui." Jack conosceva Eastleigh dai tempi di Oxford e lo considerava un buon amico.

La giovane sbiancò di nuovo. "Non fatelo, per favore. Me ne andrò." E borbottò un'imprecazione.

"Avete padroneggiato pienamente questo ruolo," disse lui.

Lady Viola inarcò un sopracciglio. "A quanto pare, non è così." Ciò detto, lo oltrepassò camminando a grandi falcate e lui dovette praticamente correre per raggiungerla.

"Vi accompagno a casa," si offrì.

"Non sarà necessario." La giovane parlava ancora come Tavistock, la voce bassa e profonda. Fermandosi all'improvviso, si voltò verso di lui. "Come avete fatto a scoprirlo e da quanto lo sapete?"

Jack aveva visto Tavistock – *lei* – chinarsi, una volta. La curva del posteriore femminile era stata assolutamente inconfondibile. Unendo a essa le seducenti labbra ad arco e la luce dei suoi occhi cerulei incorniciati da ciglia dalla lunghezza impossibile, la femminilità di lady Viola era risultata decisamente evidente. Perlomeno a lui. "Basti sapere che avete inavvertitamente messo in mostra una parte della vostra anatomia che rendeva il vostro sesso completamente distinguibile. È accaduto ben più di un anno fa. Non ricordo il momento specifico."

Lady Viola rimase di stucco. "La mia... anatomia?"

Jack tossicchiò. "Il vostro posteriore. Per essere specifici." Esso gli aveva lasciato un'impressione indelebile e Jack aveva fatto del proprio meglio per dimenticare che Tavistock era una donna. Ma quella sera non aveva potuto ignorare il fatto, non quando lei aveva avuto intenzione di marciare in uno dei club per *gentiluomini* più esclusivi di tutta Londra.

La giovane allungò le mani e si tirò le code della giacca, come per assicurarsi che la coprissero a sufficienza.

"Vi eravate chinata," specificò Jack. "Inoltre, io ho molto spirito di osservazione."

"Qualcun altro ne è a conoscenza?"

"Non che io sappia. Di certo io non ne ho parlato con nessuno." Chissà come sarebbe stato? *Avete per caso notato che culo magnifico ha Tavistock?*

"Ma ora vorreste parlarne con mio fratello?" C'era una nota di sarcasmo in quella domanda.

"Non lo sa già?" Jack avrebbe potuto giurare

che così fosse. Una volta scoperta l'identità di lady Viola, aveva notato che i due parlottavano tra di loro di tanto in tanto. Guardando molto attentamente, si notava la somiglianza dei loro menti.

"Sì, lo sa. Ma non sa che sono venuta qui." Lady Viola strinse gli occhi e lo guardò con preoccupazione. "Voi non glielo direte, vero?"

"No, ma probabilmente dovrei. È uno dei miei più cari amici." Quando lei aprì la bocca, presumibilmente per protestare, lui disse: "Ma non lo farò, perché voi mi permetterete di accompagnarvi a casa. Dove vivete?"

"In Berkeley Square." Finalmente, lady Viola aveva smesso di camuffare la voce da quella di Tavistock.

Jack fermò una vettura pubblica e diede l'indirizzo al vetturino mentre lady Viola saliva sul veicolo. Lui la seguì, sedendosi di fronte a lei sul sedile orientato in senso opposto a quello di marcia.

Lady Viola buttò la testa contro il cuscino e incrociò le braccia. "Siete sicuro che nessun altro lo sappia?"

"No, *non* ne sono sicuro. Come ho già detto, non ne ho mai parlato con nessuno." Chissà come sarebbe andata in *quel* caso? *Sapevate che, in realtà, Tavistock è la sorella del duca di Eastleigh?* Per poco non rise all'idea prima di proseguire sobriamente: "Non credo proprio che Pennington lo sappia. Era ansioso di bere del brandy con voi al club. Come avevate in mente di entrare, comunque?"

La giovane trasse un paio di respiri e un sorriso le sfiorò le labbra. Quando faceva così, era impossibile non vedere in lei una donna. Una donna attraente... cosa che Jack sapeva dopo averla incontrata in diverse occasioni nei panni di lady

Viola. "Volevo aspettare che un gruppo entrasse e intrufolarmi assieme a loro."

"Avrebbe potuto funzionare." Jack rimase colpito dalla previdenza di lady Viola, ma d'altra parte, era chiaro che l'inganno da lei perpetrato richiedeva una pianificazione e uno sforzo considerevoli. "Oppure avreste potuto venire scoperta immediatamente e buttata fuori per non essere un socio o l'ospite di qualcuno."

"Buono a sapersi. La prossima volta, dirò di essere *vostra* ospite."

Non era solo credibile come gentiluomo, ma anche come una sfacciata senza ritegno. "Non ditemi che volete riprovarci."

"Lo dico e lo farò. Sono una giornalista e Pennington ha portato alla mia attenzione una storia che devo seguire."

Jack ricordò ciò a cui la giovane aveva accennato in precedenza. "Cosa vi ha detto Pennington?"

Dopo una breve esitazione, lady Viola rispose: "Prima, al Duca Malandrino, ha accennato a una voce secondo cui un deputato si sarebbe allineato coi radicali."

Jack emise un basso suono di disgusto. "Non prestate attenzione alle voci, soprattutto a quelle stupide come questa. Ci sono diversi deputati che provano quantomeno un'affinità per le istanze dei radicali... compreso il sottoscritto."

"Vero, ma quanti di loro hanno fornito ai radicali assistenza vera e propria?"

Jack si sporse leggermente in avanti; quella notizia aveva attirato il suo interesse. "Che genere di assistenza?"

La giovane inclinò la testa e sollevò il mento. "Ancora non lo so. Sfortunatamente, avete interrotto le mie indagini."

"Non vorrete..." Jack scosse la testa. "Non vorrete dirmi che intendete condurre un'indagine vera e propria." E invece sì. Lo aveva proprio detto.

Lady Viola incrociò di nuovo le braccia e le sue sopracciglia, che aveva scurito per abbinarle al colore dei peli finti, calarono sugli occhi indignati. "E perché no? Perché sono una donna?"

"Non ho detto questo, ma sì, in parte."

"Non siete meglio di quegli imbecilli della *Ladies' Gazette.*"

Jack rimase di stucco. "Ma voi non scrivete proprio per la *Ladies' Gazette*?"

"Come S. D. Tavistock. Loro non sono interessati ad assumere *Viola* perché scriva per loro." La giovane levò le braccia al cielo e alzò la voce, simulando orrore. "Il Cielo ci scampi da una donna che scrive per una rivista femminile!"

"Non sto dicendo che non dovreste indagare, ma sarà difficile farlo per voi." Quando lei aprì bocca, Jack aggiunse: "Sì, perché siete donna."

La giovane serrò la mascella. "Purtroppo, avete ragione. Sarà difficile, il che è ciò che rende così frustrante il fatto che voi mi abbiate allontanata da Brooks's questa sera."

"Non mi pento di quello che ho fatto."

"La cosa non mi stupisce. Voi siete il tipico uomo, che crede di poter dare ordini a una donna. Tuttavia, io non faccio parte della vostra famiglia e di sicuro non sono vostra moglie."

"No, grazie al Cielo. Di quello non ho proprio bisogno."

"E io ho ancor meno bisogno di un marito." Lady Viola voltò la testa verso il finestrino mentre si avvicinavano a Berkeley Square.

Jack addolcì il tono della sua voce. "Non è mai stata mia intenzione darvi ordini. Stavo cercando di scongiurare una catastrofe."

"E io sto cercando di apprezzare la vostra

premura."

Jack udì il disappunto nella voce della giovane e prese in considerazione il suo punto di vista: doveva essere dannatamente difficile sentirsi dire di non poter fare certe cose perché si era donna. "Che ne direste se io vi aiutassi nella vostra indagine?"

Lady Viola lo guardò con la coda dell'occhio. "Perché?"

"Perché potrei assicurarmi che siate al sicuro e aiutarvi a ottenere accesso a… certi luoghi." Non era sicuro di volerla portare da Brooks's, nemmeno nelle vesti di sua ospite, ma forse ci avrebbe pensato.

La giovane gli lanciò un'occhiata maliziosa. "O magari volete scoprire chi è questo deputato."

Quello era sicuro. "Devo ammettere che sono curioso. Ma voi dovete prendere in considerazione che probabilmente costui non esiste nemmeno."

La carrozza entrò in Berkeley Square e si fermò vicino al marciapiedi. Lady Viola allungò una mano verso la portiera nello stesso istante in cui lo fece Jack. La mano dell'uomo coprì la sua ed entrambi si ritrassero come se la maniglia della portiera fosse stata in fiamme.

I loro sguardi si incontrarono per un breve istante e Jack avvertì lo stesso calore immaginario della maniglia per nulla calda. Eccetto che temeva che il calore fosse stato generato da loro, vicini nella piccola vettura. "Dov'è la vostra casa?" chiese, fissando fuori dal finestrino per evitare di guardarla, poiché farlo avrebbe in qualche modo intensificato ciò che era scoccato tra di loro.

"Al centro, su questo lato. Non vi ho dato il numero civico perché non mi piace passare dall'ingresso principale. Di solito passo dalle scuderie, così da potermi cambiare prima di entrare."

"La vedova non è a conoscenza della vostra mascherata?" Jack aveva incontrato la nonna della giovane, la formidabile duchessa vedova di Eastleigh, in alcune occasioni.

"Assolutamente no e non lo saprà mai."

La porta della vettura si aprì. Il vetturino attendeva all'esterno.

Lady Viola saltò giù. Lui la seguì e pagò il vetturino prima che potesse farlo lei.

La giovane contrasse le labbra all'indirizzo di Jack mentre il cocchiere risaliva sulla vettura. "Non dovevate farlo per forza."

"Non devo nemmeno accompagnarvi fino a casa, ma lo farò comunque. Anzi, ripensandoci, devo proprio accompagnarvi a casa."

La vettura si allontanò e lady Viola rimase sotto il lampione con un'espressione contrariata. "L'ho fatto innumerevoli volte senza la vostra supervisione."

"Questo è palese. Ma se proprio questa sera voi vi trovaste in difficoltà dopo che io vi ho abbandonata, non me lo perdonerei mai. E non lo farebbe nemmeno Eastleigh."

"Val non saprà che eravamo insieme, a meno che voi non glielo diciate." La giovane gli lanciò un'occhiata insospettita. "Avevate detto che non lo avreste fatto."

"Non lo farò." Traendo un respiro profondo ed esalando lentamente il fiato, Jack sfoderò un sorriso placido. "Stabiliamo una tregua. Mi piacerebbe molto aiutarvi, se un deputato ha davvero collaborato in qualche modo coi radicali. Posso?"

"Dato che me lo avete chiesto molto gentilmente e che sospetto che la vostra assistenza potrebbe rivelarsi utile, accetto la vostra offerta." Lady Viola gli dedicò un breve sorriso prima di tornare seria. "Ho bisogno che promettiate solennemente che mi informerete di qualunque cosa sentiate e che non cercherete di impedirmi di pubblicare le mie scoperte."

"È per questo che state facendo tutto questo?"

"Sì. Come ho detto, sono una giornalista in cerca della verità. Voglio scrivere qualcosa di più importante che semplici 'osservazioni da gentiluomo.'"

Jack non riuscì a trattenere la breve risata che gli sfuggì. "Un gentiluomo che non è davvero un gentiluomo."

Lei lo sorprese con un sorriso e, ancora una volta, lui vide la donna radiosa sotto il travestimento. Inoltre, avvertì di nuovo quella vampata di calore che aveva accompagnato il contatto delle loro mani.

Quindi, lady Viola si voltò e si recò al complesso di scuderie che correva dietro le case. Una volta raggiunto l'ingresso, si fermò e lo guardò. "Non potete andare oltre. Non voglio che mi vedano arrivare con voi."

"Dunque qualcuno sa che voi siete Tavistock?"

"Sì: il capo cocchiere e la mia cameriera personale mantengono il mio segreto. Con l'eccezione di Val e sua moglie e del socio di Val, Colehaven, loro sono gli unici a sapere. Assieme a voi, a quanto pare."

"Manterrò il segreto fino a quando – e se – giungerà il momento in cui non potrò più farlo senza mettere a rischio la vostra sicurezza."

"È giusto. Mi piacerebbe proseguire la mia indagine domani sera. Che ne direste di incontrarci al Duca Malandrino? Potremmo decidere una strategia e partire da lì."

"Domani sera non posso. Si potrebbe fare dopodomani?"

"Ci vedremo allora." La giovane fece per voltarsi, ma esitò. "Chiedo scusa se sono stata un po' scontrosa. Per la prima volta da secoli, ero entusiasta all'idea di scrivere qualcosa che avesse davvero importanza."

"E io vi ho impedito di indagare."

Lei annuì. "Tuttavia, seppur a malincuore, lo apprezzo." Gli sorrise di nuovo. "Davvero." Quindi si voltò e si allontanò.

"Attendo con ansia il nostro appuntamento," esclamò lui.

Era vero? Jack non aveva propriamente il tempo di supervisionare una giornalista zelante. E tuttavia, era ansioso di scoprire se ci fosse un fondo di verità in quella voce che aveva sentito.

Mentre tornava in strada in cerca di una vettura pubblica, rifletté su ciò che lady Viola aveva detto riguardo alla pubblicazione delle sue scoperte. La *Ladies' Gazette* sarebbe stata disposta a pubblicare qualcosa di politico, qualcosa che anche solo menzionasse i radicali?

Era un periodo inquieto, tra l'Atto sulle Assemblee Sediziose e la Commissione sulla Segretezza, per non parlare dell'attentato al Principe Reggente. Molti dei colleghi di Jack avevano paura e gli altri erano indignati.

Jack fermò una vettura e presto fu sulla strada del Duca Malandrino. Avrebbe bevuto una birra e provato a scoprire qualcosa. Con un po' di fortuna, Eastleigh non ci sarebbe stato. Jack non era a suo agio nel tacergli di lady Viola, ma aveva stretto un patto con lei ed era un uomo di parola. Inoltre, era ansioso di lavorare con lei.

Rendersene conto lo sconvolse quasi quanto lo aveva fatto vederla fuori da Brooks's con l'intenzione di entrare. Lady Viola era diversa da qualunque altra donna lui avesse mai conosciuto e doveva ammettere di essere affascinato. E non solo dal suo bel posteriore.

CAPITOLO 3

"*S*ono lieta che tu abbia deciso di venire con me questa sera," disse la nonna mentre la carrozza arrivava alla casa dei Poole.

"È solo una soirée," disse Viola, con una nota di sorpresa. 'Lieta' era un'espressione finanche sbarazzina per la vedova, che era austera e distaccata al massimo delle possibilità umane. Almeno all'esterno. All'interno, era una donna che adorava i suoi nipoti e che anteponeva la famiglia a tutto il resto. Bastava solo vedere come aveva accolto Isabelle quando lei aveva sposato Val, alcune settimane prima.

La nonna strinse gli occhi. "Non è *solo* una soirée, cara. È un'occasione per te di pensare di tornare sul Mercato dei Matrimoni."

Il panico si levò nel petto di Viola. La nonna voleva davvero parlarne adesso? "Nonna, io non sono adatta al Mercato dei Matrimoni."

"Bah, parliamo di roba di cinque anni fa. Ormai ti invitano quasi dappertutto."

Perché era la nipote della feroce duchessa vedova di Eastleigh. Se non fosse stato per la loro parentela, Viola sarebbe stata il perfetto esempio di una paria. Per come stavano le cose, lo era comunque, seppure in misura ridotta.

La portiera della carrozza si aprì, impedendo ulteriori discussioni. Per il momento. Viola era sicura che sua nonna avrebbe continuato nei suoi sforzi, tanto in pubblico quanto in privato. Sarebbe stata diretta in privato, ma in pubblico, si sarebbe assicurata che Viola facesse la conoscenza di determinati gentiluomini o che fosse vista sotto una certa luce. Oh, era un disastro. Viola doveva convincere la nonna che non poteva sposarsi.

Non *voleva* sposarsi.

Val l'avrebbe aiutata. Probabilmente. Forse. Dopo anni trascorsi a essere l'unico obiettivo della campagna matrimoniale della nonna, di certo suo fratello le avrebbe mostrato solidarietà. O magari si sarebbe limitato a stringersi nelle spalle e dire che era venuto il turno di Viola.

No, non lo avrebbe fatto. Lui sapeva perché lei aveva cancellato il suo matrimonio, anche se la chiesa era stata colma di ospiti. Inoltre, l'aveva sostenuta allora come faceva adesso.

Mentre si avvicinavano all'ingresso della casa, la nonna mormorò: "Non dimenticare quello che ho detto. Ci saranno dei gentiluomini liberi."

La vedova aveva scelto il momento perfetto per fare quell'osservazione, perché Viola non ebbe il tempo di rispondere prima che il maggiordomo le salutasse e le facesse entrare. Le due donne diedero i soprabiti a un lacchè e salirono al piano di sopra, fino al salotto.

Tavoli su cui erano disposti giornali, caricature e oggetti naturali che il signor Pool aveva riportato da una recente visita alle isole remote della Scozia erano sparsi per la stanza. Viola notò sassi, conchiglie e persino una bottiglia di vetro piena di sabbia.

Aveva deciso di venire a quella soirée perché la festa sarebbe stata dedicata alla conversazione, il che significava che si sarebbe parlato parecchio, *e* perché Pool aveva molti amici alla Camera dei Comuni. Viola sperava di scoprire qualcosa riguardo al misterioso deputato che poteva aver aiutato i radicali.

"Trovami un posto a sedere, per cortesia," disse la nonna, distogliendo l'attenzione di Viola dai tavoli.

"Ma certo." Viola la accompagnò a un tavolo vicino al centro della stanza, dove la vedova avrebbe potuto vedere ed essere vista. "Qui va bene?"

La nonna si lasciò cadere sulla poltrona e si sistemò le gonne in modo che cadessero in maniera elegante sulle sue gambe e sui suoi piedi. "Benissimo, grazie." Lo sguardo dell'anziana corse alla porta. "Oh, ecco Eastleigh e Isabelle."

Viola si voltò per vedere suo fratello e sua cognata dirigersi verso di loro. Ora era doppiamente felice di essere venuta.

"Buonasera," disse Val con una nota di sorpresa. "Non sapevo che saresti venuta." Perché, più spesso che no, Viola non accompagnava la nonna nelle sue uscite.

Viola si strinse nelle spalle. "Lo sai che mi piace fare conversazione."

Suo fratello inarcò un sopracciglio, suggerendo che forse non lo sapeva per nulla, ma tacque.

"Sono particolarmente felice che tu sia qui," disse Isabelle, abbassando la voce per aggiungere: "Sono ancora leggermente nervosa."

Una ex-istitutrice, Isabelle aveva esitato a diventare duchessa, ma alla fine il vero amore aveva vinto e ora lei era uno degli ospiti più ricercati della capitale. Quando partecipava a un ballo o a una festa, la padrona di casa ne guadagnava grande popolarità. La qual cosa, per Viola e Isabelle, era assurda.

"Non esserlo," disse la nonna. "Sei la beniamina di Londra, questa Stagione. Tu e lady Penelope. A proposito, lei ha deciso chi sposare?"

Viola e Isabelle si guardarono perplesse. Come se loro due lo sapessero. Viola *avrebbe dovuto* saperlo, dato che aveva fatto dello scrivere pettegolezzi un mestiere, ma la sua attenzione era concentrata sui gentiluomini. Stando alle sue informazioni, nessuno aveva fatto una proposta di matrimonio. "Non ne so nulla," disse. "Magari sarà qui stasera, visto che a quanto pare è pieno di scapoli appetibili." Viola non si curò di nascondere il sarcasmo.

La nonna non disse nulla, ma le lanciò un'occhiata frustrata prima di dedicare le proprie attenzioni a Val. "Come procede la biblioteca circolante?"

Val sorrise alla moglie. "Devi chiederlo a Isabelle: è lei l'unica responsabile."

"Non del tutto," disse Isabelle con una risata leggera. "Voi dite sempre la vostra sui libri da tenere in magazzino."

Val annuì. "È vero, ed è molto difficile non comprarli tutti."

Viola era davvero contenta di vedere suo fratello felice. Val era stato innamorato di Isabelle – in segreto – per un decennio e Viola era lieta che suo fratello fosse uno dei pochi fortunati ad aver trovato una persona con cui poteva essere completamente se stesso. Per le donne era molto più difficile e non solo perché superavano di numero gli uomini, a causa della guerra. Ma Isabelle aveva trovato uno dei migliori.

Chiacchierarono per qualche minuto prima che Val andasse a parlare con un altro gentiluomo e la più cara amica della nonna, lady Dunwich, arrivasse. Una volta che la donna fu seduta accanto alla nonna, Viola si sentì libera di allontanarsi e girovagare tra i tavoli. Isabelle la seguì.

"E così, questi sassi e queste conchiglie vengono da..." Isabelle si chinò sul tavolo per leggere il biglietto. "Arran. E dobbiamo parlare di loro?"

"Sì, il loro scopo è stimolare la conversazione. Come i giornali e le caricature."

Isabelle accennò col capo alla caricatura sul tavolo che raffigurava due donne con dei cappelli molto vistosi. "Non saprei cosa dire di quella, se non: hai mai visto un cappello del genere?"

"Certo che no. Cappelli come quelli non esistono davvero. E nemmeno donne con quell'aspetto." Una delle due era molto alta e inumanamente magra, mentre l'altra era bassa e incredibilmente rotonda.

"E queste cose dovrebbero stimolare discorsi interessanti?" Isabelle scosse la testa. "Avrebbero dovuto mettere dei libri sui tavoli. Quelli *sì* che stimolano la conversazione."

Viola annuì con entusiasmo. "Non potrei essere più d'accordo." Lanciò un'occhiata a sua nonna per controllare, come faceva spesso quando erano fuori insieme. Due gentiluomini in piedi stavano parlando con lei e con la sua amica. Lo sguardo della nonna si spostò su Viola e quelli dei gentiluomini lo seguirono.

"Perdiana," mormorò Viola.

"Cosa c'è?" chiese preoccupata Isabelle.

"La nonna ha deciso che è giunto il momento che io pensi al matrimonio. Sembra che stia cercando di attirare l'attenzione – attenzione maschile – su di me." Viola gemette sottovoce e voltò le spalle al gruppetto.

Isabelle la prese sottobraccio e la accompagnò

in un angolo remoto della stanza. "Permettimi di salvarti."

Viola rise. "Proprio quando penso che sia impossibile che tu mi piaccia più di quanto già mi piaci, tu dimostri che avevo torto. Grazie."

"Spero che non ti dispiaccia se te lo chiedo, ma perché sei venuta questa sera, pur sapendo che tua nonna aveva in mente di fare la sensale?"

"Non lo sapevo per certo fino a quando non siamo arrivati. Ironia della sorte, *non* avevo in mente di venire; tuttavia, ho deciso di provare a scoprire qualcosa degno di essere incluso nella mia rubrica." Viola aveva raccontato a Isabelle della sua identità segreta e non solo perché sapeva di non poter chiedere a Val di tenere un segreto alla moglie. Certo, anche quel dettaglio era stato importante, ma era anche bello avere un'amica con cui poter discutere del suo lavoro.

"Ha senso," disse Isabelle. "Ma come farai a giustificare di sapere certe cose, dato che Tavistock non è presente?"

"In casi del genere, dico sempre: 'Me ne ha parlato un caro amico che era lì…' ma non faccio mai il nome di questo presunto amico."

"È straordinario che tu ci riesca." Isabelle scosse la testa mentre un lieve sorriso guizzava attorno alla sua bocca. "Io non sono riuscita nemmeno a farmi passare per gentiluomo per una singola serata." Una volta ci aveva provato, su istigazione di Viola. Viola aveva cercato di fare da sensale tra lei e Val. Con somma gioia di Isabelle, ci era riuscita.

"Padroneggiare il ruolo del gentiluomo ha richiesto molta pratica. Ho trascorso molti giorni al parco nelle vesti di Tavistock prima di trovare il coraggio di andare al Duca Malandrino."

"Beh, tu lo fai sembrare facile," disse Isabelle. "E hai molto successo. Dopo due anni, nessuno ha scoperto la tua identità, né si è reso conto che tu non sei un uomo."

Non era vero, naturalmente. Come se la conversazione lo avesse evocato, Jack Barrett entrò nel salotto. Il fiato di Viola si mozzò... perché era sorpresa di vederlo, e soprattutto perché le era appena venuto in mente. Non di certo per l'aspetto dell'uomo, coi suoi capelli nerissimi scostati dai suoi lineamenti dalla bellezza intensa. Sopracciglia d'ebano si inarcavano sopra i suoi occhi color noce e i suoi zigomi forti scendevano a picco verso le fossette che, quando rideva, apparivano agli angoli della sua bocca.

Ma l'uomo non stava ridendo, ora. Stava scrutando intensamente la stanza, e poi il suo sguardo si posò su di lei. Fu come se Barrett avesse trovato quello che stava cercando.

I loro sguardi si incrociarono e un lampo di ipersensibilità la travolse. Viola era così abituata a confondersi con lo sfondo o a travestirsi da uomo che era trascorso molto tempo dall'ultima volta in cui si era sentita... donna. Il momento terminò quasi nell'istante in cui era cominciato, quando l'uomo si voltò e si incamminò in un'altra direzione. Com'era prevedibile, non stava cercando lei. Non aveva motivo di cercare lady Viola Fairfax.

"Guarda, ecco Diana. Andiamo a parlare con lei." Isabelle si diresse verso la loro amica comune, la duchessa di Colehaven. Lei e Isabelle avevano legato molto nel corso delle ultime settimane. Dato che entrambe erano sposate da poco e con uomini che erano ottimi amici, erano sulla buona strada per diventare a loro volta ottime amiche.

Nel corso dell'intera conversazione, lo sguardo di Viola continuò a correre al signor Barrett, che era in piedi con alcuni altri gentiluomini vicino al tavolo con la bottiglia di sabbia. Abbigliato con una giacca dal taglio perfetto, pantaloni neri e un gilet color mezzanotte, presentava una visione minacciosa e allettante al tempo stesso. Viola non sembrava riuscire a smettere di guardare nella sua direzione.

L'uomo non sembrava per nulla consapevole della sua presenza, non dopo che l'aveva guardata direttamente e se n'era andato. La stava ignorando di proposito? Probabilmente, era meglio così. E tuttavia, Viola era vagamente infastidita.

"Chiedo scusa," mormorò prima di dirigersi lentamente al tavolo accanto a quello dove si trovava il signor Barrett. Prese una conchiglia e se la portò all'orecchio.

"Sentite l'oceano?"

Viola voltò la testa e vide che il signor Barrett le si era avvicinato. Non che avesse avuto bisogno di voltarsi per vedere chi era: aveva riconosciuto il timbro profondo e seducente della voce dell'uomo.

Seducente?

"Sì." Gli porse la conchiglia.

L'uomo se la portò alle labbra, che si inclinarono in un mezzo sorriso. Il petto di Viola si serrò in reazione. "È qualcosa di magico," disse il signor Barrett prima di rimettere la conchiglia sul tavolo.

"In verità, è il rumore della stanza che si concentra nella conchiglia e rimbalza nel vostro orecchio." Perché lo aveva detto? La magia era molto più affascinante.

L'uomo ridacchiò. "So di cosa si tratta. Ma mi piace pensare che sia l'oceano. Non lo vedo da tempo."

"Nemmeno io."

"Adoro la sua vastità e la corsa infinita delle onde verso la spiaggia. Mi fa pensare a quanto complicato, ma al tempo stesso semplice, possa essere il nostro mondo."

"È un'affermazione piuttosto contraddittoria," disse lei, prendendo in mano un sasso che era stato lisciato da quelle onde di cui parlava l'uomo.

"La vita è piena di contraddizioni, non credete, *lady* Viola?" L'uomo si stava riferendo al suo travestimento da Tavistock. Viola soppresse l'impulso a sorridere.

"Può esserlo, sì. Dunque è questo il motivo per cui non potevamo incontrarci questa sera?" chiese a bassa voce.

"Sì. E sembra che nemmeno voi foste libera."

Viola posò il sasso e girò attorno al tavolo, in modo da frapporre un po' di spazio tra loro stessi e gli altri invitati. "Non avevo in mente di venire, questa sera, ma poi ho deciso che valeva la pena cercare di imparare il possibile riguardo al nostro… progetto."

Il signor Barrett annuì due volte, lentamente. "Sì, il nostro progetto. Forse dovremmo pensare a una strategia per domani sera. Mi assicurerò che Pennington sia presente."

"Ottimo. Credo che lui sia la nostra migliore speranza di approfondire le cose. Dobbiamo scoprire come ha saputo di quel pettegolezzo."

"Sono d'accordo. Normalmente, gli piace parlare, per cui non dovrebbe essere troppo difficile."

Viola non era in disaccordo, ma nemmeno voleva lasciare le cose al caso. "Se invece preferisse tenere la bocca chiusa, gli verseremo della birra in gola fino a quando non parlerà."

Gli occhi scuri del signor Barrett si allargarono per un brevissimo istante. "Volete farlo ubriacare?" L'uomo tenne la voce bassa.

Viola sollevò una spalla. "Se necessario."

"Diabolico," disse Barrett. "Mi piace. Ditemi, lady Viola, vi siete mai ubriacata? Sembrerebbe che debba essere successo, considerate le vostre frequenti visite al Duca Malandrino."

"Bado sempre a non esagerare. Vi dirò di più: è raro che finisca un intero boccale della meravigliosa birra di Colehaven." Viola scosse la testa con rammarico. "È un vero e proprio crimine."

L'uomo rise. "Già."

"Per rispondere alla vostra domanda: sì. Mi è capitato di ubriacarmi." Viola guardò Barrett con gli occhi stretti, ma non per rabbia o disgusto. "Non è una domanda da fare a una signora."

"Chiedo scusa," mormorò l'uomo. "Avrei dovuto dire: 'Ditemi, Tavistock, vi siete mai ubriacato?'" I suoi occhi brillavano di ilarità e lei si sentì contagiata dal suo buonumore.

Viola inclinò la testa con fare irriverente. "No."

"Dunque, vi siete ubriacata come lady Viola, non come Tavistock." Il signor Barrett la osservò intensamente e le dita dei piedi di Viola ebbero l'ardire di contrarsi nelle sue scarpette. "Affascinante."

"Solo una volta… per capire come ci si sente."

"Sembra proprio che siate una donna dedita alle indagini."

Lei rimase più che colpita da quella sua valutazione. Si sentiva… lusingata. "È un ottimo modo per descrivermi." Cercò di pensare a come lei avrebbe descritto il signor Barrett e non trovò una risposta certa. Non ancora. Ma loro avrebbero trascorso parecchio tempo insieme, probabilmente. A meno di non rivelare il mistero già l'indomani sera.

Viola si rese conto di non avere una gran voglia che ciò accadesse. Avrebbe potuto essere divertente andare a caccia col signor Barrett.

No, era una follia. Lui non era suo amico – o altro – solo un partner necessario che condivideva il suo obiettivo di scoprire la verità.

"Allora, procederemo con la nostra operazione domani sera," disse il signor Barrett. "Domani ci saranno delle riunioni a Westminster; porterò Pennington con me una volta che saranno finite."

"Aspetterò." Con ansia. Per via dell'indagine e solo di quella.

"Ci vediamo, allora." L'uomo inclinò la testa e le voltò le spalle. Mentre egli si allontanava, Viola vide la nonna fissare nella sua direzione. La vedova inclinò il mento in una maniera che significava *Vieni qui.*

Viola si fece forte e si preparò a sentirsi raccontare degli scapoli presenti. Nel frattempo, avrebbe pensato a cosa avrebbe chiesto a Pennington l'indomani e non a quanto era ansiosa di rivedere Jack Barrett.

CAPITOLO 4

"*N*on credete che Falworth si stia comportando in maniera irragionevole?" chiese Jack, ancora furioso per l'incontro che lui e Pennington avevano appena avuto a Westminster.

Scesero dalla vettura di fronte al Duca Malandrino; il primo a scendere fu Pennington, seguito da Jack. "Non so se il suo comportamento sia stato *irragionevole*," disse l'uomo. "Ha diritto alla sua opinione e non vede alcun problema con le leggi elettorali attuali."

"Bah," brontolò Jack mentre entravano nella taverna.

Un rumoroso coro di "Barrett! Pennington!" li accolse e Jack si rilassò. Entrare al Duca Malandrino era sempre come tornare a casa. Era qualcosa di familiare e rassicurante, anche se non c'era suo padre, che Jack avrebbe davvero dovuto andare a trovare. Era trascorso troppo tempo, soprattutto ora che l'uomo viveva a Isleworth, a solo una quindicina di chilometri di distanza.

"Che si dice oggi, signori?" A parlare era stata lady Viola – Jack non era sicuro che sarebbe mai

riuscito a pensare all'"uomo' come a Tavistock –
che sedeva a un tavolo vicino alla vetrina.

Rivederla in abiti maschili era infatti sconvolgente, soprattutto dopo lo splendore che la giovane era stata la sera prima. Era una donna
bellissima, con capelli biondo-dorati, vivaci occhi
azzurri e un viso che mai avrebbe potuto essere
scambiato per mascolino. Tuttavia, riusciva a ingannare tutti con l'ausilio di basette finte. Ma non
era tutto lì, si rese conto Jack mentre la osservava.
Viola atteggiava le labbra a una posa diversa, riu-
scendo in qualche modo a sminuirne la pienezza e
la forma arcuata. Inoltre, badava bene a nascondere gli occhi, tenendoli semichiusi per la maggior
parte del tempo. Era una trasformazione stupefacente, che senza dubbio richiedeva una disciplina
notevolissima.

"Tavistock, non eravate qui proprio l'altra
sera?" chiese Pennington mentre si incamminava
verso il tavolo della giovane. "Di solito non vi si
vede due volte a settimana."

Lady Viola fece spallucce mentre sollevava il
boccale. "Mi piace il Duca Malandrino. Come a
tutti gli uomini."

Tutti gli uomini. All'improvviso, Jack si sentì
come a parte di uno scherzo segreto, e probabilmente lo era. Solo che per lei, quello non era uno
scherzo. Aveva adottato l'alias di Tavistock per ragioni molto specifiche. Ragioni che le imponevano
di non essere lady Viola. Era un crimine che dovesse fingere di essere qualcun altro per scrivere
per la *Ladies' Gazette.*

Mary, una delle cameriere, li raggiunse al tavolo
di lady Viola con due boccali di birra. "È la porter,"
disse a Jack. "So che la preferite, quando è disponi-
bile." Ammiccò prima di voltarsi.

"Che si dice oggi?" ripeté lady Viola, lo sguardo

fisso su Pennington, che stava bevendo un lungo sorso di birra.

"Stavo solo cercando di tranquillizzare Barrett," disse Pennington, lanciando un sorriso a Jack. "Si agita facilmente, di questi tempi."

"Chiunque abbia un grammo di decenza dovrebbe fare lo stesso," borbottò Jack prima di sorseggiare la porter, che era assolutamente deliziosa ed esattamente ciò di cui aveva bisogno.

"Di sicuro l'agitazione non manca," disse con diplomazia lady Viola.

"Proprio così. Ha persino fatto scappare Cobbet dal Paese!" Pennington inarcò le sopracciglia mentre sollevava il boccale per bere nuovamente.

Sentir menzionare William Cobbett suscitò la preoccupazione di Jack, che lanciò un'occhiata di sottecchi a lady Viola. Cobbett era l'editore di un giornale dalle simpatie radicali, popolare presso i lavoratori, e aveva sentito la necessità di recarsi in America prima di essere arrestato per sedizione. Poiché aveva già trascorso del tempo in prigione alcuni anni prima, in seguito a una condanna per calunnia a mezzo stampa, probabilmente aveva preso una decisione sensata.

Jack poteva solo sperare che lady Viola si rivelasse a sua volta dotata di buonsenso. Avrebbe dovuto assicurarsene. La giovane aveva ben detto: l'agitazione non mancava, in quel momento, e sarebbe stato fin troppo facile ritrovarsi nei guai.

Pennington si chinò sul tavolo e spostò lo sguardo da lady Viola a Jack e di nuovo a lady Viola. Quando parlò, lo fece in tono basso e furtivo. "Basta pensare a quella marcia da Manchester. I lavoratori sono furiosi e vogliono far sentire la loro voce."

"E tuttavia, noi li abbiamo privati della possibilità di incontrarsi e trovare un modo per farsi sentire," disse sarcastico Jack, la qual cosa gli guadagnò un'occhiata brusca da parte di Pennington.

"Badate a come parlate, Barrett." Pennington si mise comodo. "Non con me, naturalmente," aggiunse in tono gioviale. "A me potete dire quello che volete; non lo riferirò nessuno."

Jack ingoiò una risata sarcastica. Il motivo per cui si trovavano lì quella sera era convincere Pennington a diffondere più pettegolezzi di quanti avesse già diffuso. Ma l'uomo aveva ragione su una cosa: Jack doveva stare attento a quello che diceva. Aveva idee molto più radicali di quanto lasciasse intravedere e a volte si scopriva troppo.

"Sir Humphrey! Caldwell!"

Jack non si unì ai suoi compagni di tavolo e a tutti gli altri presenti nella sala principale nel salutare i due ultimi arrivati. Invece, si diede da fare a ingollare la porter. Sir Humphrey e Caldwell erano due tra i suoi principali oppositori quando si trattava di riformare il Parlamento. Rappresentavano circoscrizioni che non avevano bisogno di rappresentanza... perlomeno non alle condizioni attuali. Perché mai la circoscrizione di Caldwell avrebbe dovuto eleggere due deputati con sette maledetti voti, quando altre circoscrizioni avevano due deputati per migliaia di elettori?

Naturalmente, sir Humphrey e Caldwell si sedettero al loro tavolo. Jack soffocò un gemito e, questa volta, svuotò il boccale. Per la miseria, l'idea era far ubriacare Pennington, non lui.

Quando Mary portò della birra per sir Humphrey e Caldwell, Jack le chiese di servire del brandy a tutti. Il suo sguardo incrociò quello di Viola, che annuì in maniera impercettibile.

"Siete molto generoso, Barrett," disse Pennington.

"Ho la sensazione che ne abbiamo tutti bisogno, dopo oggi."

Sir Humphrey sollevò il boccale. "Sono d'accordo e aggiungo i miei ringraziamenti."

Pennington si accigliò e scosse la testa. "Stavamo solo discutendo dello stato delle cose. Al momento, è un disastro." Guardò lady Viola e le mise una mano sulla spalla. "Siate felice di non essere un deputato."

Jack rimase di sasso mentre fissava l'uomo che toccava la giovane. Avrebbe capito? Al di là di quella preoccupazione, Jack dovette trattenere l'impulso ad allontanare con uno schiaffo la mano di Pennington per aver osato toccare Viola.

Lady Viola si avvicinò il boccale col braccio della spalla che Pennington stava stringendo, liberandosi con eleganza dalla sua presa. "Ne sono felicissimo, grazie."

Pennington ebbe un sussulto, quindi guardò sir Humphrey, Caldwell e Jack. "Non vi ho appena ricordato che siete agli antipodi su diversi argomenti, vero?"

"Ora sì," borbottò sir Humphrey.

Jack sollevò il boccale vuoto in un brindisi silenzioso, ma non poté bere. Per fortuna, arrivò il brandy. Jack badò a berne solo un sorso. Doveva concentrarsi su Pennington. Avrebbe solo voluto che sir Humphrey e Caldwell non fossero venuti.

Le labbra sottili di Caldwell si allargarono in un sorriso ambiguo. "Il solo fatto che non siamo sempre d'accordo non significa che non possiamo farci una bevuta insieme nel nostro locale preferito. Non è forse così, Barrett?"

"Certo."

"Tuttavia, dovete ammettere che Barrett non ha torto quando parla dei borghi putridi," proseguì Pennington, dimostrando di essere davvero uno degli uomini più stupidi in Parlamento. Sebbene *lui* non provenisse da un borgo putrido, lo stesso non poteva dirsi per sir Humphrey e Caldwell.

"Parliamo d'altro." Il tono di Caldwell conteneva una nota di nervosismo.

"Voi rappresentate Gatton, nel Surrey, giusto?" chiese lady Viola. "Che ha, quanti, sette elettori in tutto?" La giovane spostò lo sguardo su sir Humphrey. "E voi rappresentate Bramber, nel Sussex, che di elettori ne ha forse una ventina?"

Sir Humphrey cambiò posizione a disagio, come faceva tipicamente quando veniva menzionato quell'argomento. Era chiaro che la cosa gli creava disturbo, ma non abbastanza da cambiare le cose. Era felicissimo della sua comoda poltrona, che a tutte le elezioni gli veniva destinata dal marchese di Bramber.

Caldwell la guardò fisso. "Non scriverete di faccende del genere, vero?"

Campanelli d'allarme squillarono nella mente di Jack. Quella non era una conversazione sicura.

"Volevo solo informarmi," disse lady Viola con un sorriso stiracchiato. "Non ho opinioni sull'argomento. Il mio lavoro è riportare informazioni."

Jack le lanciò un'occhiata eloquente. "Di sicuro, le lettrici della *Ladies' Gazette* non sono interessate a cose del genere."

"Sembrerebbe di no."

Jack ebbe l'impressione di aver udito la sconfitta nella voce della giovane. Lei avrebbe voluto scrivere di qualcosa di importante, che interessava alla gente... o che *avrebbe dovuto* interessare alla gente.

"In tal caso, forse dovremmo rivolgere la conversazione a ciò che a loro interessa," propose sir Humphrey con un sorriso prima di sorseggiare il suo brandy. "Cosa vogliono sapere le lettrici della

Ladies' Gazette?"

"Vorrebbero sapere cosa accade in luoghi come questo. Riporterò le bevande consumate e gli svaghi goduti." La giovane guardò ciascuno di loro a turno. "Cosa fate voi per divertirvi?"

Sir Humphrey scosse la testa con aria amareggiata. "Biliardo. Sembra proprio che non ne abbia mai abbastanza."

"Andiamo a giocare, allora," propose lady Viola. Si alzò e prese il boccale.

Finendo rapidamente il brandy, il viso contratto mentre inghiottiva e posava il bicchiere vuoto sul tavolo, sir Humphrey si alzò con la sua birra. "Andiamo."

"Vengo anch'io." Caldwell si alzò in piedi e rivolse un cenno del capo a Jack mentre prendeva la birra e il brandy. "Barrett."

"Caldwell," disse Jack, inclinando a sua volta la testa come facevano gli uomini quando riconoscevano un avversario.

Mentre il terzetto si incamminava, lady Viola lanciò a Jack uno sguardo con gli occhi spalancati e accennò leggermente col capo a Pennington. Sembrava voler dire che gli stava dando l'opportunità di ottenere l'informazione di cui avevano bisogno senza sir Humphrey e Caldwell tra i piedi. Come lui aveva già stimato, era molto intelligente.

Jack notò inoltre che aveva lasciato lì il brandy. Ottimo; si sarebbe assicurato che fosse Pennington a berlo. Nel corso della mezz'ora successiva, lui e l'altro uomo parlarono di cavalli e di corse, portando continuamente lo sguardo a colui che era forse il miglior frustino della città: Giles Langford, seduto dalla parte opposta della sala. Quando Pennington finì il suo brandy, Jack gli suggerì di prendere quello di Tavistock.

"Potrebbe tornare a prenderlo," obiettò Pennington.

"In tal caso, gliene offrirò un altro. Bevete," lo incoraggiò ridacchiando Jack.

"È un tipo bizzarro, vero?" rifletté ad alta voce Pennington mentre si portava il bicchiere alle labbra per bere un sorso. "Una volta mi chiedevo dove stia quando non è qui. Non l'ho mai visto da nessun'altra parte, tranne che l'altra sera da Brooks's. Non avevo idea che fosse socio."

"Credo che sia socio anche di Boodle's," disse Jack con fare evasivo. "Sono sicuro di averlo visto là."

La menzogna gli era venuta facile; in seguito, l'avrebbe riferita lady Viola. E le avrebbe anche detto che doveva stare attenta. Se persino un idiota come Pennington aveva notato il suo comportamento, un uomo più sveglio, come ad esempio Caldwell, avrebbe potuto scoprire molto di più. Se si fosse preso il tempo di pensarci. Con un po' di fortuna, non lo avrebbe fatto.

Jack cominciava a capire perché lady Viola frequentasse di rado la taverna: il vecchio adagio 'lontano dagli occhi, lontano dal cuore,' sembrava adattarsi perfettamente alla sua situazione. L'avrebbe incoraggiata a seguirlo.

"Ah, dovrò tenere gli occhi aperti. È una persona piacevole, anche se non mi ha raggiunto da Brooks's l'altra sera." Pennington si accigliò. "Pensavo che avremmo bevuto qualcosa."

"Temo che sia stata colpa mia." Jack sorseggiò il suo brandy. "Ci siamo messi a parlare e ce ne siamo andati. Siamo andati in una bisca." Non aveva idea del perché avesse aggiunto quel dettaglio, ma si disse che non avrebbe fatto altro che reggere la finzione perpetrata da lady Viola. "L–" Perdiana, aveva quasi detto lei! "L'ora era ormai tarda quando Tavistock mi ha accennato che avrebbe dovuto parlare con voi riguardo a una voce su un deputato."

Pennington annuì mentre beveva dell'altro brandy. "Una voce terribile. Probabilmente, non avrei dovuto riferirla."

Jack voltò la testa e il torso verso Pennington. "Di cosa si trattava?"

"Bah, non dovrei nemmeno dirlo. Come ho già detto, probabilmente non avrei dovuto nemmeno parlarne."

Jack non intendeva rinunciare tanto facilmente. "Ora ricordo: un deputato ha fornito assistenza ai radicali. Quali radicali, mi chiedo? I Filantropi Spenceani? Gli Hampden?"

"Questo non lo so."

"Oh, beh, le voci rendono tutto più interessante, vero?" Jack superò la frustrazione con una risata forzata e toccò col bicchiere di brandy quello di Pennington. L'altro uomo si prestò al gioco, sollevando il bicchiere che era stato pensato per lady Viola e svuotandolo.

Jack si guardò attorno e abbassò la voce. "Ne avevate sentito parlare qui? Forse dovremmo badare a quello che diciamo."

"No, non qui. Il Duca Malandrino è un luogo sicuro per tutti!" Pennington scosse vigorosamente la testa. "No, ne ho sentito parlare in quel caffè in St. James's. È il posto migliore per sentire voci. She lo volette, naturalmente." Pennington aveva cominciato a biascicare.

Jack colse la palla al balzo. "Sì, sembra proprio che parecchi deputati amino frequentare quel locale." Jack aveva trascorso del tempo laggiù da giovane, quando era avvocato, prima di diventare deputato, seguendo passo dopo passo le orme di

suo padre. "Avete sentito questa voce da un deputato o da un dipendente?"

"Nessuno dei due." Pennington agitò le sopracciglia, quindi si sporse verso di lui, esalandogli in
faccia una zaffata di fiato al brandy. "È stato quel-
l'avvocato che sta sempre seduto al tavolo d'angolo.
Hodges."

Il trionfo invase le vene di Jack. Conosceva benissimo Hodges: l'uomo aveva un tempo lavorato
per suo padre. Era stato decenni prima, ma l'uomo
avrebbe certamente riconosciuto Jack e non c'era
motivo di pensare che non avrebbe condiviso con
lui le stesse informazioni che aveva riferito a Pennington. Con un po' di fortuna, avrebbe condiviso
persino di più. Jack sperava solo che Hodges *sapesse*
di più. In caso contrario, forse l'uomo avrebbe potuto orientare Jack e lady Viola nella direzione
giusta.

Lady Viola. Per tutto quel tempo, la giovane
aveva sopportato da sola il fastidioso sir Humphrey e Caldwell. Jack balzò in piedi. "Mi è venuta
improvvisamente voglia di giocare a biliardo." Rivolse a Pennington un'occhiata interrogativa, ma
non lo invitò esplicitamente.

Pennington agitò una mano prima di lasciarla
ricadere sul tavolo, colpendo rumorosamente la
superficie di legno col palmo. "Andate pure. Io mi
sha che ho bisogno di un'altra birra."

Probabilmente no, ma Jack non lo avrebbe
certo ostacolato. Si spostò nella sala da biliardo e
vide che lady Viola lo stava guardando. La raggiunse rapidamente e si fermò di colpo.

Una delle basette posticce della giovane era a
malapena appiccicata al viso. Jack accorse e mormorò con urgenza: "Il vostro travestimento si sta
staccando."

La giovane si portò una mano alla guancia e

toccò il problema. Spalancò gli occhi e si incamminò verso la porta della saletta privata, lasciando la sala da biliardo senza dire una parola.

Jack la seguì con passo più tranquillo. Una volta raggiunta la saletta privata, vide lady Viola uscire da una porta sul retro. La seguì e si ritrovò in un piccolo magazzino male illuminato.

La giovane si voltò al suo ingresso, sussultando affannosamente. Poi le sue spalle si curvarono dal sollievo quando lo riconobbe. Si premette i peli posticci contro il viso. "Non rimangono attaccati."

Jack si fece avanti ed esaminò il problema. "No, sembra proprio che non vogliano saperne."

"Ho della colla in tasca, ma non uno specchio."

"Posso aiutarvi?" si offrì lui.

La giovane si infilò una mano nella tasca della giacca e ne estrasse un vasetto. Svitato il coperchio, gli mostrò che sotto di esso era appiccicato un pennello. "Usate questo per applicare la colla." Rimise a posto il coperchio e gli porse il vasetto.

Jack prese il pennello e si avvicinò ancora di più. "Chiedo scusa," mormorò. "L'illuminazione non è granché qui dentro. Non vorrei incollarvi la bocca."

"Probabilmente, mio fratello ve ne sarebbe grato. O almeno, lo sarebbe stato quando eravamo più giovani." La giovane rise a bassa voce, abbandonando completamente il tono più profondo di Tavistock. La sua risata era calda e allettante.

Erano quasi petto contro petto. "Potreste inclinare leggermente la testa all'indietro?" chiese lui.

Lady Viola fece come le aveva chiesto e la singola lanterna appesa alla parete diffuse la sua scarsa luce sui suoi zigomi. Jack immerse il pennello nella colla. "Ne basta poca?"

Lady Viola fece per annuire, ma parve ripensarci, considerato quello che stavano facendo. "Sì."

Jack le spennellò la colla sul viso. "È un peccato che vi copriate con questi. Vi fa male quando li strappate?"

"No," rispose la giovane. "Ci sono piuttosto abituata. Tenete fermi i peli per un attimo, in modo che la colla faccia presa."

Dopo aver rimesso il pennello nel vasetto, Jack premette con delicatezza i peli posticci contro la pelle della giovane. Era una carezza intima, o lo sarebbe stata se il viso di lei fosse stato scoperto. Lo sguardo di lady Viola incrociò il suo mentre le dita di Jack applicavano pressione. Lui era ben consapevole del tepore della pelle della giovane e della nota di una fragranza che non poteva certo appartenere a un uomo. Sperò che nessuno le si avvicinasse mai così tanto e ricordò il modo in cui ella aveva allontanato con perizia la mano di Pennington.

Jack cambiò idea. Quello *era* un momento intimo. E si accentuava, più loro due si guardavano e più lui le toccava il viso. Non era mai stato più consapevole di lei in quanto donna.

"Credo che vada bene così," mormorò la giovane.

Mentre Jack allontanava la mano, fu colpito da un'immagine di lady Viola senza i peli facciali. Le labbra della giovane erano piene – quello superiore appuntito al centro, quello inferiore pieno e ammaliante – e immaginò di baciarle...

Jack fece un lungo passo indietro e spinse il vasetto verso di lei. "Tutto normale."

La mano di lady Viola si chiuse attorno al vasetto e lui badò a non toccarla, per evitare che l'idea del bacio gli afferrasse la mente. La giovane rimise a posto il tappo e ripose la colla nella tasca. "Credete che questo sia normale? Ma avete appena detto che è un peccato che io porti questa barba finta."

"Lo è. Ammetto che vi preferisco molto nei panni di lady Viola, come ieri sera. Ma questo – Tavistock – è l'identità con cui vi conosco meglio."

Lady Viola distolse lo sguardo e lui rimpianse di aver parlato. "Avete scoperto qualcosa da Pennington?" Lo sguardo della giovane incrociò di nuovo il suo e qualunque cosa fosse scoccata tra di loro divenne un ricordo, grazie al Cielo.

Jack si schiarì la voce e scrollò le spalle, lieto di essere tornato sul pezzo. "Sì. Una volta che l'ho convinto a bere il vostro brandy, si è sciolto molto. Dobbiamo andare in cerca del signor Hodges, un avvocato che siede al tavolo d'angolo del caffè in St. James's."

Gli occhi della giovane si illuminarono e la sua bocca si sollevò. "Possiamo vederci là domani?"

"Stavo per suggerire la stessa cosa."

"Ah, ottimo. Sono contenta che siate libero. Non so se avrei avuto la pazienza di aspettare."

Jack si accigliò. "Ma mi aspetto che voi lo facciate. Abbiamo un accordo."

Lady Viola inclinò la testa di lato. "Minacciate ancora di dirlo a Val?"

"Può darsi." Jack non era sicuro che lo avrebbe fatto davvero. Ormai, provava per lei una lealtà che non aveva provato fino a qualche giorno prima. "Ma soprattutto, ci siamo dentro insieme e spererei che voi non procediate senza di me."

Lady Viola inclinò la testa. "Per me è lo stesso. A che ora ci incontreremo?"

Jack passò mentalmente in rassegna i suoi impegni e le riunioni del giorno a venire. "Alle due?"

"Ci sarò."

Jack percorse lo sguardo su di lei, cercando di ricordare se la giovane indossasse gli stessi indumenti tutte le volte che assumeva la propria identità maschile. "Quanti costumi da Tavistock avete?"

"Tre. Ho appena realizzato un nuovo gilet che trovo molto elegante. Domani mi direte se siete d'accordo."

"Realizzate da sola i vostri gilet?"

Lady Viola gli rivolse un'occhiata sarcastica. "Credete che io abbia un sarto?"

Jack rise. Per l'assurdità di quell'idea. Per l'assurdità di tutto. "Ora vado. Posso accompagnarvi di nuovo a casa?"

"Siete sicuro di volerlo fare? La gente potrebbe pensare che siamo diventati grandi amici, come sir Humphrey e Caldwell."

Jack rabbrividì. "Non dite mai una cosa del genere. Inorridirei se diventassi come uno di loro."

"Non provate alcuna simpatia per loro, vero?"

"Sono parte del problema che affligge al momento questo Paese. Sono egoisti e corrotti. Non si curano minimamente dei Marciatori di Blanket, che hanno camminato fin da Manchester, o delle migliaia di persone che non si sentono rappresentate dal loro governo." Jack si rese conto di aver alzato la voce.

Le labbra della giovane si curvarono in un sorriso dolce e molto femminile. "Siete un vero radicale. Forse avreste dovuto accompagnare Cobbett in America."

"Assolutamente no. C'è bisogno di me qui."

"Sì, direi proprio di sì," mormorò lei. "Dividiamoci." Lo oltrepassò e uscì dal magazzino.

Mentre la seguiva, Jack sperò che avrebbero scoperto ciò di cui avevano bisogno al caffè, l'indomani. Prima avrebbe smesso di trascorrere del tempo con l'allettante lady Viola, meglio sarebbe stato.

CAPITOLO 5

*N*onostante il gilet nuovo, quel giorno Viola detestava il suo costume. Mentre, tipicamente, si godeva la libertà che le derivava dal travestirsi da uomo, ora si ritrovava ansiosa di essere una donna. Non che potesse esserlo, in quel caffè.

Entrando, il suo sguardo si posò sul bancone dalla parte opposta del grande ambiente, dove un uomo stava preparando il caffè. Tavoli e panche erano allineati, mentre altri tavoli e altre panche erano posizionati contro le pareti, separati da tendaggi che conferivano un po' di riservatezza. O almeno, lei immaginava che fosse quello lo scopo dei tendaggi.

Era in anticipo di qualche minuto e il signor Barrett non si vedeva ancora. Il suo cuore accelerò i battiti davanti alla prospettiva di rivederlo. Era per quello che rimpiangeva di non essersi vestita da donna? La sera prima, l'uomo aveva detto di preferirla in tale abbigliamento, e in quel momento lei si ritrovò a detestare la sensazione delle basette sul viso. Non riusciva a non pensare a quanto sarebbe stato bello se il signor Barrett avesse civettato con lei.

Ma lo sarebbe stato davvero? Viola si stava comportando in maniera sciocca. E miope. Doveva concentrarsi sullo scoprire quella storia, *non* sul diabolicamente bello Jack Barrett.

Solo che l'uomo era più che bello. Viveva una vita con uno scopo e sembrava genuinamente interessato alle condizioni dei poveri. Questo, per lei, era molto più attraente dell'aspetto dell'uomo. E ciò lo rendeva pericoloso.

Scacciandolo dai suoi pensieri, scrutò all'interno del caffè. C'erano quattro tavoli d'angolo. Quale era quello di Hodges? Il signor Barrett non aveva descritto l'uomo, per cui lei avrebbe dovuto aspettare.

E tuttavia, non voleva restare lì a girarsi pollici. Due dei quattro tavoli d'angolo erano occupati. Attorno a uno sedeva un terzetto di uomini maturi coinvolti in un'animata conversazione; uno di loro gesticolava energicamente. L'altro tavolo era occupato da un uomo solo, più vicino ai sessant'anni che ai cinquanta, con una zazzera di capelli bianchi. La sua testa era china sul giornale aperto sul tavolo di fronte a lui.

"Hodges, avete bisogno di un rabbocco?" chiamò l'uomo al bancone, rivolto al gentiluomo da solo.

Hodges – a quanto pareva si trattava di lui – sollevò lo sguardo dal giornale e sorrise al barista. Si aggiustò gli occhiali sul naso. "Sì, grazie."

Viola si incamminò verso il tavolo dell'uomo. "Ci penso io."

Guardandola perplesso da dietro gli occhiali, Hodges inclinò la testa. "Grazie."

"È un piacere." Viola sorrise, tenendo le labbra strette e chiuse, quindi prese la tazza dell'uomo e si recò al bancone.

"Mettetelo sul mio conto," esclamò Hodges.

Il barista riempì la tazza di Hodges, poi ne riempì un'altra per Viola. Lei prese entrambe con un cenno del capo e tornò al tavolo di Hodges.

"Spero che vi siederete con me," disse Hodges mentre piegava il giornale e lo metteva da parte.

Viola lanciò un'occhiata alla porta. Avrebbe dovuto aspettare Jack, ma l'uomo era ora in ritardo. Di certo avrebbe capito che lei non poteva rinunciare a quell'occasione. "Grazie. Sto aspettando una persona."

Hodges sorrise amichevolmente. "Costui sarà il benvenuto a unirsi a noi quando arriverà." L'uomo sorseggiò il caffè e chiuse gli occhi mentre esalava un sospiro soddisfatto. "Non c'è nulla come una tazza appena fatta."

Mentre Viola si era appassionata a una varietà di birre nel corso degli ultimi due anni, non aveva mai provato il caffè. Azzardò un sorso della bevanda scura fumante e per poco non si mise a sputare. Costringendosi a inghiottire il liquido amaro, si sforzò di nascondere la propria reazione.

Tuttavia, non doveva esserci riuscita completamente, perché Hodges ridacchiò: "Oggi è leggermente troppo amaro."

"Sì," concordò lei, posando il bicchiere. "A proposito, io sono Tavistock."

"Lieto di conoscervi. Io mi chiamo Emory Hodges e sono avvocato."

"Io sono uno scrittore," disse lei, togliendosi il cappello e posandolo accanto a sé sulla panca.

Hodges inclinò la testa di lato e la osservò, gli occhi scuri meditabondi dietro gli occhiali. "Il Tavistock autore della rubrica sui gentiluomini sulla *Ladies' Gazette?*"

Viola rimase a bocca aperta per un istante prima di chiuderla di scatto e guardare stupita l'uomo. "Voi la leggete?"

Hodges ridacchiò di nuovo e, considerate le rughe che si irradiavano dai suoi occhi e i solchi profondi su entrambi i lati della sua bocca, era qualcosa che faceva spesso. "Io leggo di tutto. Non si può mai essere troppo informati. Mi vanto di leggere e di imparare il più possibile."

"È un atteggiamento ammirevole," disse schiettamente Viola. "Cosa stavate leggendo adesso?" Lanciò un'occhiata al giornale.

L'uomo agitò la mano verso il *Times*. "L'ennesimo articolo sul disastro in corso nel Paese e su come i lavoratori radicali debbano essere messi al loro posto per scongiurare un'altra sommossa."

"Voi non siete d'accordo?"

"Credo che sia pericoloso agitare le persone quando la discordia già imperversa. Ma alla gente piace leggere quel genere di cose... sempre più spesso, parrebbe."

"Sì. Io stesso mi ritrovo a scrivere articoli sulla situazione attuale."

Una delle cespugliose sopracciglia di Hodges si inarcò fino a superare il bordo degli occhiali. "Non solo su chi è stato visto dove e su cosa indossava?"

Viola soffocò la frustrazione: non le sembrava che l'uomo la stesse guardando con disprezzo. "La politica mi interessa. Ha delle conseguenze sulle mie lettrici."

"Sì, ha delle conseguenze su tutti, che noi vi badiamo o meno. Beh, siete venuto nel posto giusto per sentir parlare di politica." Hodges lanciò un'occhiata all'angolo opposto, dove i tre uomini erano ancora immersi nella loro conversazione entusiasta. "Guardate loro. Sono qui tutti i pomeriggi, a discutere sempre delle stesse cose." L'uomo scosse la testa. "Deputati in pensione senza nulla di meglio da fare." Si sporse in avanti, gli occhi che brillavano. "Non che io abbia di meglio da fare! Mi piace venire qui e tenere le orecchie aperte. Il mio udito è ancora eccellente." Si picchiettò con un dito sulla tempia e tornò a sedere composto, sfiorando il tendaggio con le spalle.

Viola lanciò un'occhiata alla porta. Jack era ora in forte ritardo e lei non era sicura che ci sarebbe stata un'apertura migliore. Trafisse Hodges con uno sguardo astuto. "A dire il vero, di recente ho sentito una voce. Forse voi ne sapete qualcosa. Riguarda un deputato che ha aiutato i radicali a fare qualcosa."

Dal modo in cui gli occhi di Hodges si illuminarono e le sue guance rubizze si colorirono, Viola capì di aver avuto successo. L'uomo si sporse in avanti, questa volta di più, e abbassò la voce. Nonostante l'abbassamento di volume, il suo entusiasmo era evidente. "Oh, so esattamente di cosa state parlando. È stato un deputato a istigare l'attentato a Prinny in gennaio."

Anche Viola si chinò, il cuore che martellava. "Istigare? In che senso?" La persona che aveva sparato alla carrozza del Reggente, o scagliato dei sassi, o qualunque cosa avesse fatto per infrangere il vetro, non era ancora stata arrestata.

"A quanto pare, l'ha organizzato lui," disse Hodges. "È stato lui a dire ai radicali quando colpire. Erano pronti in agguato quando il Principe ha lasciato Westminster."

"Dunque non si è trattato di un'aggressione casuale da parte di lavoratori contrariati?" Quella era una delle teorie che Viola aveva sentito.

Hodges scosse lentamente la testa. "Sembrerebbe di no, ma non credo che nessuno lo sappia per certo."

"Voi non sapete chi sia questo deputato?" Viola trattenne il fiato, sperando in una risposta affermativa.

"Temo di no, ma se doveste scoprirlo, quella sì che sarebbe una storia da pubblicare!" L'uomo parlò con una tale gioia che Viola sorrise mentre ci pensava. Sarebbe stato incredibile pubblicare una cosa del genere; avrebbe potuto cambiare completamente la sua carriera. Forse lei avrebbe potuto persino firmarsi col suo vero nome. Per un breve istante, si perse nell'entusiasmo delle possibilità.

"Volete includere queste informazioni nella vostra rubrica?" chiese Hodges, mettendosi comodo.

"Vi chiedo di non fare il mio nome. Non voglio essere coinvolto in nulla che abbia a che fare coi radicali." L'uomo rabbrividì. "Di questi tempi, è troppo facile finire in prigione per chissà quanto tempo!"

Hodges aveva assolutamente ragione. Era come se qualcuno gli avesse rovesciato addosso dell'acqua gelida presa dal Tamigi. Viola annuì seriamente. Avrebbe potuto scrivere di quello – sotto forma di pettegolezzo – nella sua rubrica, anche se non sapeva come avrebbe reagito il suo caporedattore.

No, non poteva. Hodges aveva ragione nel dire che si trattava di informazioni pericolose, ma lo erano perché si trattava di pure illazioni. Viola aveva bisogno di prove. E aveva bisogno di scoprire l'identità di quel deputato.

"Non posso scrivere questo genere di pettegolezzi," disse con una punta di rimpianto. "È una storia affascinante... o almeno, lo sarebbe se avessi più informazioni, come l'identità di quel deputato. Avete altro da dirmi che possa condurmi da lui?"

L'uomo scosse la testa. "Non posso nemmeno dire da chi l'ho sentito, ma è accaduto qui." L'uomo si accigliò e fissò per un attimo la sua tazza di caffè. "Credo." Facendo spallucce, sorseggiò la bevanda. "Non posso dirlo per certo."

Beh, questo non era di grande aiuto. A ogni modo, ora lei sapeva cosa aveva fatto quel deputato per aiutare i radicali. E si trattava di qualcosa di molto più sconvolgente di quanto lei avesse immaginato. L'idea che qualcuno, in Parlamento, avesse incoraggiato un attentato al Principe Reggente era terrificante. "Mi torna in mente Spencer Perceval," mormorò Viola, riferendosi al primo ministro assassinato da un commerciante astioso cinque anni prima.

Hodges annuì mestamente. "È difficile non fare un paragone. Dobbiamo stare tutti in guardia. Forse gli articoli di giornale *non* sono un male." L'uomo guardò il giornale sul tavolo prima di tornare a guardare lei. "Spero che riuscirete a trovare la verità. Meritiamo di sapere chi può aver provocato una cosa del genere. Se lo ha già fatto una volta, cosa potrebbe fare di nuovo?"

Un brivido corse lungo la spina dorsale di Viola. "Già." Lei prese la tazza e bevve un altro timido sorso di caffè. Sebbene si fosse raffreddato, non era diventato più appetibile. Lo trangugiò e decise che era il massimo che poteva fare. E dove diavolo era Barrett?

Voltando ancora una volta la testa verso la porta, lo vide entrare. Non voleva parlargli di quella faccenda di fronte a Hodges. "Scusatemi," disse, alzandosi.

"Non aspettavate qualcuno?" chiese l'uomo, guardandola.

"Sì, è appena arrivato, ma abbiamo un impegno altrove. Vi ringrazio per la compagnia e spero di rivedervi presto."

"Mi piacerebbe," disse Hodges, sorridendo.

Viola prese il cappello e se lo mise in testa prima di girare sui tacchi e incamminarsi verso

Barrett. Negli occhi scuri dell'uomo apparve un lampo di riconoscimento; poi, egli si accigliò.

"Eravate seduta con Hodges?"

Lei annuì. "Andiamo."

"Ma–"

"Ve ne parlerò di fuori." Viola oltrepassò l'uomo e spalancò la porta, uscendo alla grigia luce del sole. Nuvole alte e sottili coprivano il sole, ma la sua luce splendeva comunque. Viola abbassò l'orlo del cappello mentre si incamminava lungo St. James's.

Barrett le si mise accanto. "Avreste dovuto aspettarmi."

Lei gli lanciò un'occhiata di scuse. "Ci ho provato, ma eravate in ritardo. Ho avuto l'occasione per sedermi con Hodges e ne ho approfittato."

"Insisto nel dire che avreste dovuto aspettare." L'uomo serrò le labbra, contrariato.

"Anche se ho scoperto cosa ha fatto quel deputato e che si tratta di una faccenda davvero brutta?"

Barrett si fermò e si avvicinò all'angolo di un edificio, lontano dal centro della strada. "Cosa avete scoperto?" La sua domanda fu pronunciata con voce bassa e urgente, piena dell'attesa che lei aveva provato poco prima.

"Hodges dice che questo deputato ha organizzato l'attentato al Principe Reggente."

Barrett inalò di scatto il fiato, stringendo gli occhi con aria allarmata. "È follia."

"Sono d'accordo."

"Di chi si tratta?"

"Hodges non lo sapeva, purtroppo, ma quell'uomo ha detto ai radicali dove e quando appostarsi."

Barrett si voltò e si appoggiò alla pietra, le spalle curve. "Potrebbe farlo di nuovo."

"Potrebbe, ma magari si è reso conto del rischio e non lo farà."

"Lo spero. In caso contrario, l'atmosfera già greve si farebbe ancora più tesa. Guardate cosa ne è derivato: una commissione segreta, la sospensione dell'*habeas corpus*, la resurrezione dell'Atto sulle Assemblee Sediziose. Se quell'uomo voleva ostacolare i radicali, c'è riuscito benissimo."

Viola riusciva a intravedere quella prospettiva, ma anche un'altra. "O magari si trattava solo di qualcuno che voleva assassinare il Principe."

"Beh, in questo ha fallito in maniera spettacolare, non credete?" osservò sarcastico il signor Barrett. "Quale che sia la sua motivazione, si è concretizzata in conseguenze davvero gravi, porco mondo." L'uomo la guardò. "Scusate. Per un breve istante, mi sono dimenticato chi siete davvero."

Viola aveva creduto che non vederla come una donna fosse diventato più difficile per l'uomo. Scoprire che così non era fu una delusione, ma non volle soffermarsi sul perché. "Sono Tavistock. Almeno per il momento."

"Siete un maledetto genio, questo è certo. Non riesco a credere che siate riuscita ad apprendere tutto questo da Hodges in meno di mezz'ora."

"A dire il vero, l'ho sfiorata, la mezz'ora. Credo." Viola non aveva guardato l'orologio. La lode di Barrett la rinfrancò.

L'uomo si spinse via dal muro e ricominciò a camminare. Lei lo seguì.

"Mi dispiace di essere arrivato in ritardo. Sono stato trattenuto a una riunione," disse l'uomo. "Sto cercando di capire chi possa essere il colpevole. Certo, non conosco tutti i deputati, almeno non intimamente, ma il fatto che uno di loro sia disposto a correre un simile rischio è molto preoccupante."

"Ma non difficile a credersi, immagino."

L'uomo le lanciò un'occhiata di sbieco mentre camminavano. "Cosa volete dire?"

"Molti deputati sono corrotti: vengono da borghi putridi, oppure occupano un seggio che è stato comprato da qualcuno della Camera dei Lord," disse lei. "Di sicuro si sentiranno in obbligo di comportarsi in un certo modo."

La bocca del signor Barrett si sollevò in un mezzo sorriso che le mozzò il fiato. "Siete davvero molto intelligente. Sì, non dovrebbe avere difficoltà a crederci. Immagino che il problema sia che io non *voglio* crederci. Spero sempre che la gente sia meglio di come gli altri la dipingono, che in fin dei conti siano la decenza e l'onore a dettare il nostro comportamento."

Viola sapeva che ciò era vero nel *suo* caso. La passione dell'uomo su ciò in cui credeva era evidente. E di ispirazione. "Mi piacerebbe scoprire chi è questo deputato: la gente merita di conoscere questa potenziale minaccia."

"Nel caso lo faccia di nuovo, volete dire." Barrett scosse la testa. "Sì, la gente merita di sapere, proprio come merita una vera rappresentanza, così da far sentire la propria voce. Il modo in cui consentiamo – o vietiamo – alle persone di votare è assolutamente odioso." L'uomo parlò con voce carica di vetriolo e, ancora una volta, il suo entusiasmo era palpabile.

"Non potrei essere più d'accordo. Il fatto che le donne non possano votare né possedere proprietà, la qual cosa consentirebbe loro di votare, è orribile. E sì, mi rendo conto che alcune donne possiedono proprietà e votano, ma si tratta di una stretta minoranza."

"Talmente minuscola da non contare nulla," disse l'uomo. "Sebbene apprezzi il vostro zelo e sia d'accordo con voi, credo che sfortunatamente manchi ancora molto al suffragio femminile." Sussultò mentre si scusava. "Se riuscissimo ad arrivare al suffragio universale maschile, sarebbe un importante primo passo."

Dal punto di vista logico, Viola comprendeva la realtà a cui Barrett si stava riferendo, ma la discussione era comunque frustrante. "Mi verrebbe da dire che dovremmo passare direttamente al suffragio universale in generale. Al momento, le donne non hanno quasi nessun diritto e ne hanno ancora meno quando si sposano e cedono quel minimo di indipendenza che possiedono ai loro mariti."

"È per questo che voi non siete sposata?" La domanda fu pronunciata a bassa voce e con non poca curiosità. Lei avrebbe potuto ignorarla, ma non lo fece.

"Sì." Erano arrivati a Piccadilly e lei si fermò, con l'intenzione di fermare una vettura. "E voi? Perché non siete sposato?"

Gli occhi scuri dell'uomo brillarono sotto l'orlo del suo cappello. "Perché non voglio esserlo. Non ancora, comunque. Ho troppo da fare in questo momento."

Viola lo capiva. "Siete sposato con la Camera dei Comuni."

Barrett fece un gran sorriso. "Può darsi. Ora, quale sarà la nostra prossima mossa?"

"Scoprire l'identità di questo deputato in modo da impedirgli di provocare ulteriori danni."

"Sono d'accordo, ma come fare..." Barrett contrasse le labbra mentre osservava la strada trafficata. "Devo pensarci su. Vi troverò al Duca Malandrino, più tardi?"

Viola scosse la testa. "Non posso trascorrere troppe serate laggiù. È troppo rischioso."

"Dove andrete, allora?" L'uomo la osservò con aria di attesa e lei riuscì quasi a immaginare che la volesse in un luogo in cui potesse vederla socialmente. Ma era un'idea assurda. Nessuno dei due era interessato a un rapporto di quel genere.

"Non sono sicura. Dovrò consultare il calendario di mia nonna." Viola esitò per un singolo istante prima di aggiungere: "Non esco spesso con lei. Non amo molto la società."

Barrett annuì bruscamente. "È un'altra cosa che abbiamo in comune. D'accordo, penserò alla nostra prossima mossa… e lo farete anche voi. Che ne dite di inviarmi un biglietto in cui mi direte dove possiamo incontrarci?"

"Lo farò."

Viola guardò la strada. "Ho solo bisogno di una vettura."

"Faccio io." Il signor Barrett ne fermò una, ridendo mentre scuoteva la testa. "Devo proprio smettere di pensare a voi come a una donna."

Il disappunto che Viola aveva provato in precedenza evaporò, travolto da un'ondata di calore. Diede il proprio indirizzo al vetturino, quindi si rivolse a Barrett. "A dire il vero, preferirei che non lo faceste."

Non osò guardare nuovamente l'uomo mentre saliva a bordo del veicolo. Inoltre, non osò nemmeno pensare a ciò che aveva appena confessato ad alta voce.

CAPITOLO 6

*E*ntrare nella casa in cui Jack era cresciuto coi suoi amorevoli genitori era sempre come essere stretto in un caldo abbraccio. Quella sera, la cosa non era diversa mentre porgeva il cappello al maggiordomo di suo padre. "Come stai, Michaelson?" chiese all'uomo.

L'alto norreno inclinò la testa ancora bionda. "Benissimo, grazie. Vostro padre è felicissimo che siate venuto a cena questa sera."

Dopo essersi detto che era trascorso troppo tempo dalla sua ultima visita, Jack aveva inviato un biglietto. "Per favore, dimmi che la signora Fink ha preparato l'agnello." La ricetta della donna era la sua preferita.

La bocca di Michaelson si sollevò in un sorriso. "Ma certo."

Jack attraversò l'atrio ed entrò nella biblioteca di suo padre. La sensazione di trovarsi a casa si intensificava in quella stanza, dove lui aveva trascorso molto tempo in compagnia di suo padre, leggendo, studiando e semplicemente guardando l'uomo che ammirava di più al mondo.

Suo padre sollevò lo sguardo dalla scrivania, gli occhi blu scuro che lo guardavano da sopra il bordo degli occhiali a mezzaluna. "Jack, ragazzo mio." L'uomo si tolse gli occhiali e li posò in cima al mucchio di documenti che stava leggendo, quindi si alzò. Pur essendo vicino alla settantina, non dimostrava un giorno più di sessant'anni e aveva la fisicità e il livello di attività probabilmente di un uomo sulla cinquantina. Jack poteva solo sperare di invecchiare bene quanto lui e, prima ancora, di suo nonno, che era morto solo cinque anni prima, alla venerabile età di novantanove anni.

"Buonasera, padre. È bello vederti."

Suo padre girò attorno alla scrivania e lo abbracciò con vigore per un istante. Jack si sentì di nuovo un bambino di cinque anni, col profumo dell'inchiostro e del sapone al sandalo di suo padre che gli assalivano i sensi. "Lo stesso vale per me."

Si staccarono e suo padre gli fece cenno di sedersi su una delle poltrone a vela poste ad angolo di fronte al focolare, dove un fuoco ardeva basso in quella fresca serata d'aprile. Mentre Jack prendeva il suo solito posto, suo padre si recò alla credenza e versò due bicchieri del suo whisky preferito, che si procurava tutti gli autunni quando andava a cacciare in Scozia.

Un attimo dopo, l'uomo gli porse un boccale e si sedette di fronte a lui. Entrambi sollevarono il whisky in un brindisi silenzioso prima di sorseggiarlo simultaneamente. Quante volte avevano fatto esattamente la stessa cosa? Troppe per poterle contare, e Jack sperava che ce ne sarebbero state ancora più di quanto lui potesse immaginare.

"Ti sei dato da fare da quando il Parlamento ha riaperto i lavori," disse suo padre da sopra il bordo del bicchiere.

Jack fece una smorfia interiore. "Sì, mi dispiace di non essere venuto a trovarti."

Suo padre agitò una mano. "Non importa. Con

tutto quello che sta succedendo, posso ben immaginare quanto sia stata pressante la situazione. Le sommosse dell'autunno scorso, l'attentato al Principe Reggente, la marcia da Manchester... Ce n'è da avere le mani piene anche nel migliore dei momenti."

"E come tu ben sai, questo non è il migliore dei momenti."

Il padre di Jack era stato deputato per diversi anni prima che lui lo sostituisse alle ultime elezioni. Prima ancora, lo era stato il nonno di Jack, da cui lui aveva preso il nome. I Barrett occupavano quel seggio da anni. Era un dettaglio che i deputati eletti nei borghi putridi amavano far notare a Jack quando lui discuteva della corruzione che imperava in numerose circoscrizioni.

"Sì, e i Tory hanno reagito come sempre: con la paura e il bisogno di mantenere salda la presa in qualunque modo possibile." Suo padre scosse la testa prima di sorseggiare ancora una volta il suo whisky.

"Può darsi che sia anche peggio di così," disse cupamente Jack. Aveva pensato al deputato misterioso a cui lui e lady Viola stavano dando la caccia ed era quasi convinto che si trattasse di un Tory che cercava di fomentare paura e sfiducia nei confronti dei radicali, dei lavoratori e di chiunque altro si opponesse al partito. "A quanto pare, un deputato ha consigliato a un gruppo di radicali – o forse a un radicale solo, non conosco i dettagli – di aggredire il Principe Reggente. Costui avrebbe detto loro dove si sarebbe trovato il Principe e quando aggredirlo. Sospetto che si tratti di un Tory che ha cercato di istigare i radicali per suscitare paura, in modo che il Parlamento istituisse una commissione segreta o sospendesse l'*habeas corpus*, come poi è accaduto." Jack si acciglò.

James Barrett era un uomo difficile da turbare: 'impassibile' era l'aggettivo che veniva in mente a Jack quando si trattava di descriverlo. Ma in quel momento suo padre sembrava perplesso, lo sguardo fisso nel suo. "C'era un deputato dietro l'attentato?" Jack annuì e suo padre proseguì. "Sai per certo che era un Tory?"

"Per certo no; non conosco assolutamente l'identità di questa persona. Ma sto cercando di scoprirla."

Suo padre aggrottò la fronte e la sua bocca assunse un cipiglio profondo. "Devi stare attento, Jack. Se si tratta di un Tory, vuol dire che appartiene al partito attualmente al potere, e se scavi troppo a fondo non farai che crearti problemi. Ma, e se non si trattasse di un Tory? Non avrebbe altrettanto senso che fosse un deputato con simpatie radicali ad aiutare questi ultimi?"

"E cosa avrebbero guadagnato loro ad aggredire il Principe? No, dev'essere un Tory."

Suo padre ridacchiò a bassa voce. "Tu dai per scontato che questo deputato sia astuto come te. La maggior parte non lo è."

Non era forse vero? Gli venne in mente sir Humphrey. La stupidità di quell'uomo era quasi cancellata dall'astuta disonestà di Caldwell. Quasi.

"Come hai saputo tutto questo?" chiese suo padre.

"Per il momento, sono solo pettegolezzi." Quando l'uomo gli lanciò un'occhiata fosca, Jack gesticolò con la mano. "Non guardarmi così. Sto cercando la verità. La mia fonte è Hodges, ed è affidabile."

"Sì, ma sta anche diventando sordo, sebbene sia bravo a nasconderlo," disse sarcastico suo padre. "Nonostante comprenda il tuo desiderio di scoprire la verità, non sarebbe meglio se tu spendessi le tue energie altrove? Ti sei costruito una buona carriera negli ultimi quattro anni e mezzo e, per quanto ne so, potresti trascorrere i prossimi decenni a rappresentare il Middlesex." Un sorrisetto si fece largo sulle labbra di suo padre. "A meno che non ti venga assegnato un titolo nobiliare, naturalmente. In tal caso, ci rappresenteresti comunque, ma in un posto diverso."

Per poco Jack non grugnì. Era quello l'obiettivo che suo padre aveva in mente per lui. "Sono molto soddisfatto alla Camera dei Comuni e sarò onorato di rappresentare il Middlesex fino a quando gli elettori mi vorranno."

"Forse dovresti pensare di prendere moglie."

Per poco Jack non sputò tutto il whisky che aveva appena sorseggiato. Invece, si strozzò e il liquido ardente gli bruciò la gola. Quando ebbe finito di sputacchiare, fissò suo padre. "Chiedo scusa?"

Suo padre strinse gli occhi con aria astuta. "Hai sentito bene."

"Temo proprio di sì. Come ti viene in mente una cosa del genere? Hai appena detto che me la cavo bene, e sai che ho solo trent'anni."

"Sì, hai solo trent'anni e io so che hai detto di non volerti sposare fino ai trentacinque, perché tuo nonno e io abbiamo fatto così. Da questo punto di vista, non siamo dei buoni esempi."

Jack non avrebbe potuto essere meno d'accordo. "Tu e il nonno siete i migliori degli esempi possibili, in tutti i sensi."

Suo padre sorseggiò il whisky e fissò per un attimo nel focolare. Quando rivolse nuovamente lo sguardo a Jack, il suo sorriso era triste, lo sguardo stanco. "Mi pento di aver aspettato tanto a lungo. In verità, ho conosciuto tua madre poco dopo essere diventato avvocato. Avevo ventidue anni ed ero pieno di vigore… e di arroganza. Era chiaro che eravamo adatti l'uno all'altra. Io la amavo, ma non quanto la mia ambizione. Sai anche tu cosa è accaduto in seguito: lei ha sposato un altro e, dopo la morte di suo marito, ci siamo potuti sposare." Suo padre si avvicinò leggermente a lui, rimanendo seduto, lo sguardo intenso. "Ho perso più di un decennio che avrei potuto trascorrere con lei. Quando penso a quel tempo e agli altri figli che avremmo potuto avere…"

Il fatto che suo padre avesse rifiutato sua madre era come una pietra nello stomaco di Jack. "Io non ho conosciuto nessuna come la mamma," disse a bassa voce. "Quello che intendo dire è che non ho ancora conosciuto nessuna che mi piacerebbe sposare."

Nella sua mente spuntò un'immagine di lady Viola. Perché mai stava pensando proprio lei? Perché gli piaceva la sua compagnia e la trovava attraente. Ciononostante, non aveva minimamente pensato di sposarla né aveva intenzione di farlo.

"Ma non riesci nemmeno a valutare l'idea." Suo padre si mise composto sulla sedia, cullando il bicchiere di whisky tra le mani. "Ti sto solo suggerendo di pensarci. Non vivere la tua vita secondo un calendario arbitrario e non lasciare che la tua carriera abbia la precedenza su tutto il resto." La bocca dell'uomo si inclinò in un sorriso sardonico. "La carriera non ti terrà al caldo la notte."

La sgradevole sensazione nello stomaco di Jack si rafforzò fino a convincerlo a cambiare argomento. L'arrivo di Michaelson gli risparmiò lo sforzo: il servitore annunciò che la cena era servita.

Finirono entrambi il loro whisky e si alzarono dalle poltrone. Suo padre gli diede una pacca sulla spalla. "Sono orgoglioso di te, figlio mio. Sai che ti sosterrò in qualunque circostanza. Promettimi solo

che starei attento con questa faccenda dell'attentato. Spero che seguirai il mio consiglio e ne re-
sterai lontano. I guai hanno sempre la tendenza a
trovarci. Non c'è bisogno di andarli a cercare."

Suo padre posò il bicchiere sulla credenza e
uscì dalla biblioteca. Jack lo imitò, la mente che ribolliva per ciò che aveva appena scoperto e per il
consiglio di suo padre. Forse avrebbe dovuto abbandonare l'indagine.

Ma ciò avrebbe significato lasciare che lady
Viola continuasse da sola, e non era una mossa sicura. Se c'era del pericolo per Jack, ce n'era ancora
di più per lei. Se davvero si trattava di un com-
plotto dei Tory, essi non si sarebbero fatti scrupolo
nel fare del male a una come lei – o a uno come Tavistock, nel caso – non dopo aver già attentato alla
vita del dannato Principe Reggente.

Era giunto il momento di sedersi con lei e discutere francamente di ciò che lady Viola aveva intenzione di fare nel caso avessero scoperto la
verità... e se fosse opportuno smettere ora, finché
potevano.

~

Il traffico al parco era terribile. Viola
aveva il sospetto che il barroccio della
nonna avesse percorso all'incirca tre metri nell'ultimo quarto d'ora. La giornata era uggiosa, ma
bella, per cui tutti erano usciti, o così sembrava.
Certo, si sarebbero mossi più velocemente se non
fossero stati costantemente fermati dagli amici e
dai conoscenti della nonna. Tutti – beh, non proprio *tutti* – cercavano il favore della vedova.

Alla fine, la nonna salutò la persona con cui
aveva chiacchierato e il barroccio avanzò. Viola

doveva aver emesso un suono di sollievo, perché la nonna le rivolse un'occhiata eloquente.

"Ti annoi?" chiese la vedova.

"A dire il vero, sì." Viola non aveva ragione di mentire. "Magari scenderò a fare una passeggiata. Vedo Felicity."

"Prima che tu vada, voglio parlarti del ballo di questa sera."

Viola si trattenne dal fare una smorfia visibile. Quella sera si sarebbe tenuto il ballo dei Goodrick e lei avrebbe tanto voluto poter marcare visita. O farsi venire la malaria. Magari avrebbe potuto slogarsi la caviglia scendendo dal barroccio.

Peccato che un evento sociale di qualunque genere fosse un'occasione per scoprire qualcosa – qualunque cosa – sul deputato che aveva istigato l'aggressione al Principe Reggente.

"Lo attendo con ansia." Su *quello* Viola era disposta a mentire.

"No, non è così, ma apprezzo gli sforzi che stai facendo da quando ho accennato che dovresti tornare sul Mercato del Matrimonio. Questa sera sarà il tuo rientro trionfale."

Buon Dio, cosa significava? La nonna le avrebbe appeso un cartello al collo? Certo che no. Non avrebbe mai fatto qualcosa di tanto volgare. "Vuoi che io abbia un carnet di ballo?" Viola strinse i denti in attesa della risposta della vedova.

"Sì. Ci sono molte buone possibilità. Prendi lord Orford, per esempio. È vedovo e ha un figlio piccolo."

"Di conseguenza, deve aver bisogno di una moglie," mormorò Viola.

"*Esatto.*" La nonna strinse gli occhi con aria infastidita. "Se tu ti comporti come se non volessi sposarti o se pensi che il matrimonio sia al di sotto di te, il tuo futuro non sarà roseo. Vuoi rimanere nubile?"

Disperatamente. "Sono molto felice della mia condizione attuale." Viola sorrise serenamente per rimarcare il concetto.

La nonna esalò un respiro colmo di frustrazione. "Io non vivrò per sempre. Chi si prenderà cura di te quando non ci sarò più? Val è sposato, ora, e tu non puoi pensare di recargli fastidio. Beh, immagino che potresti, ma oserei dire che non vorrai farlo."

Santo Cielo, *no.* "Credo di potermi prendere cura di me stessa, proprio come hai fatto tu da quando il nonno è morto."

"Nel tuo caso sarebbe diverso, mia cara. Io avevo figli e nipoti. Tu non avrai nessuno." La vedova agitò una mano. "Vai a fare la tua passeggiata. Questa sera ballerai e prenderai in considerazione la *possibilità* di sposarti."

"Sì, nonna." Viola annuì, quindi allungò una mano verso la maniglia del barroccio. Il lacchè che viaggiava sul retro scese d'un balzo e la aiutò a scendere.

Mentre si incamminava verso Felicity lungo il viale pedonale, Viola avvertì un misto di fastidio e tristezza. La nonna aveva ragione: lei non avrebbe avuto nessuno dopo la sua scomparsa. Oh, avrebbe potuto fare da zia per i bambini di Val, sempre che lui ne avesse, ma non sarebbe stato come avere un marito e dei figli suoi. Inoltre, la nonna aveva detto il giusto: Viola non avrebbe mai voluto recare fastidio a suo fratello.

"Viola!" Felicity agitò una mano al suo avvicinarsi. Sorridendo a trentadue denti, salutò calorosamente la sua amica, ma poi tornò subito seria. "Cosa c'è?"

"La nonna dice che questa sera dovrò avere un carnet di ballo."

Felicity fece una smorfia a metà tra l'offesa e il disprezzo. "Beh, questo sì che è fastidioso."

"Dice che devo prendere in considerazione la *possibilità* di sposarmi."

"Quello non è poi così male," osservò allegramente Felicity. Prese la mano di Viola. "Prendiamola in considerazione insieme." La donna serrò le labbra e aggrottò la fronte come se fosse molto concentrata. "La stai prendendo in considerazione?"

Viola cercò di non ridere. "Sto facendo del mio meglio."

Felicity trattenne il fiato e parve concentrarsi ancora di più. Quando le sue guance si fecero rosse, Viola non riuscì più a resistere e scoppiò a ridere. Felicity esalò il fiato, svuotando i polmoni di colpo. "Ho fatto del mio meglio e temo che il matrimonio non faccia proprio per te." Rivolse a Viola un'occhiata compassionevole. "Le mie più sentite scuse."

Viola rise ancora e finalmente Felicity cedette, unendosi a lei.

"Sembra che voi signore vi stiate divertendo molto."

Viola e Felicity voltarono la testa all'unisono e le loro risate si arrestarono come il flusso di birra da un barile il cui rubinetto era stato chiuso. Lord Orford le guardò coi suoi pallidi occhi grigi, le labbra sottili allargate in un sorriso mentre si inchinava.

Le due riverirono in risposta e si scambiarono un'occhiata. Felicity prese subito Viola sottobraccio, forse per scoraggiare l'uomo dal chiedere loro di fare una passeggiata insieme. "Buon pomeriggio, lord Orford."

"Buon pomeriggio, lady Viola, lady Felicity. Forse gradirete fare una passeggiata con me." Purtroppo, certi gentiluomini erano difficili da scoraggiare.

"Tutte e due?" chiese Viola. Non voleva abbandonare Felicity con quell'uomo, né voleva camminare con lui da sola.

"Perché no?" Lord Orford offrì loro le braccia.

Felicity e Viola si scambiarono un'altra occhiata e si risposero con impercettibili scrollate di spalle. Ciascuna di loro prese un braccio muscoloso – lord Orford era noto per la sua passione per il pugilato – e tutti insieme si incamminarono lungo il sentiero.

"Per favore, ditemi che sarete entrambe al ballo dei Goodrick questa sera, in modo che io possa firmare entrambi i vostri carnet di ballo."

"Ehm, sì," disse tentennando Felicity. Poi si sporse e le lanciò un'occhiata di scusa.

Viola levò gli occhi al cielo e scrollò leggermente la testa, cercando di comunicare che la cosa non aveva importanza. Ballare con lord Orford non era diverso dal ballare con chiunque altro.

Ma lei avrebbe preferito ballare con Jack Barrett.

Buon Dio, da dove era emerso quel pensiero? Da un angolo oscuro della sua mente, a quanto pareva, e lì poteva anche tornare.

Cercando qualcosa per tenere occupata la mente, Viola si rese conto che lord Orford era membro della Camera dei Comuni. Era visconte, ma il suo era solo un titolo di cortesia. L'uomo sedeva nella Camera dei Comuni, mentre suo padre, il conte di Debenham, sedeva nella Camera dei Lord. Forse, Orford poteva esserle utile...

"Che notizie ci sono dalla Camera dei Comuni, milord?" chiese bellamente Viola.

L'uomo la guardò con una luce leggermente perplessa negli occhi. "Non possono certo interessarvi cose del genere."

Viola resistette all'impulso di fargli lo sgambetto. Tuttavia, strinse i denti dietro le labbra serrate. Felicity le lanciò un'occhiata che rifletteva la sua stessa irritazione.

"Perché no?" chiese Viola. "Mi piace informarmi. La marcia a Manchester e i disordini dell'autunno scorso hanno sollevato un polverone. Tutti i cittadini dovrebbero essere a conoscenza della situazione. Sarei molto felice di sapere cos'è accaduto durante l'attentato al Principe Reggente. Non riesco a non pensare che dietro l'incidente si celi qualcos'altro. Perché non sappiamo chi sono gli istigatori?"

Viola scrutò il volto di lord Orford alla ricerca del minimo indizio che egli potesse sapere qualcosa. Il suo occhio aveva avuto un guizzo? Sì, forse sì.

L'uomo agitò una mano di fronte al viso e Viola notò l'insetto che stava scacciando. Forse era stata quella la causa dello spasmo. O forse no.

Lord Orford si accigliò profondamente. "È stato un atto ignobile. Il responsabile dovrebbe essere impiccato."

"Non bisognerebbe prima arrestarlo? Magari fargli anche un processo?" disse Felicity.

"Sì, certo. Ho detto che il responsabile dovrebbe essere punito e la parola *responsabile* presuppone che si tratti della persona colpevole."

Viola non riuscì a trattenersi dall'insistere per vedere quale fosse la posizione dell'uomo. "La sospensione dell'*habeas corpus* è pericolosa."

"Non sono in disaccordo. Tuttavia, questi sono tempi pericolosi ed è d'obbligo tenere tutti al sicuro. Preferirei vedere sospetti radicali tolti dalle strade che permettere l'organizzazione di un altro attentato come quello al Principe Reggente."

"E se non fossero stati i radicali a organizzarlo?" chiese Viola. "Voglio dire, non lo sappiamo per certo, giusto?"

Felicity scoccò uno sguardo da dietro al visconte, gli occhi che brillavano di curiosità.

Lord Orford lanciò a Viola un'occhiata divertita. Divertita? La trovava divertente? "Cosa avete sentito, lady Viola?"

La domanda la colse alla sprovvista. Sembrava molto... informata. Come se Orford sapesse che lei si stava riferendo a un pettegolezzo da lei sentito. Il che, naturalmente, era vero. E ora lei era convinta che anche l'uomo lo avesse sentito. "Non lo so; cosa avete sentito *voi*?" chiese leziosamente.

Lord Orford strinse gli occhi per un brevissimo istante, così breve che lei si chiese se non lo avesse immaginato, proprio come si era chiesta se avesse immaginato il guizzo. Poi, l'attenzione dell'uomo corse a qualcosa lungo il sentiero. "Temo che dovrete scusarmi, signore. Attenderò con ansia di rivedervi." L'uomo si inchinò a ciascuna di loro mentre le due ritiravano le braccia.

"Cos'è stato?" chiese Felicity mentre lo guardavano allontanarsi.

"Oh, nulla," disse Viola, voltandosi per tornare indietro.

Felicity si voltò assieme a lei. "L'attentato a Prinny non è 'nulla.' Perché stavi chiedendo informazioni a Orford?"

Viola si strinse nelle spalle. "Pensavo solo che lui potesse conoscere qualche dettaglio. A te non piacerebbe sapere cos'è accaduto?"

"*Si sa* cos'è accaduto. Qualche imbecille ha sparato al Principe Reggente, o gli ha tirato dei sassi, a seconda di chi sta parlando. Mi piacerebbe che

quelle persone fossero in prigione, così da non po-
terci riprovare, ma la cosa non sembra probabile, a
questo punto."

Viola non era d'accordo con quell'osservazione,
ma d'altra parte ne sapeva più di Felicity sull'argomento. Forse avrebbe potuto confidarsi con lei...

"Ecco mio fratello e Diana," disse Felicity. "Ci
vediamo stasera." Afferrò la mano di Viola e le
diede una stretta. "Se ne hai bisogno, posso aiutarti
a simulare una terribile malattia o ferita." Le ammiccò e si incamminò verso il duca e la duchessa di
Colehaven.

Pensierosa dopo la conversazione con lord Orford, Viola abbassò lo sguardo sul sentiero mentre
faceva qualche passo.

"Attenzione." Mani forti le afferrarono i gomiti
per un breve istante.

L'eccitazione serpeggiò in lei. Conosceva quella
voce, quel tocco. Sollevata di scatto la testa, guardò
negli accattivanti occhi color noce di Jack Barrett.

Le mani dell'uomo si allontanarono prima che
lei potesse cominciare ad apprezzare il loro calore
e la loro sicurezza. Apprezzare? Stava perdendo la
testa.

"Buon pomeriggio, signor Barrett," disse.

"Buon pomeriggio, lady Viola. Posso camminare con voi?" chiese l'uomo.

"Sì, stavo giusto tornando da mia nonna nel suo
barroccio."

Barrett le offrì il braccio e lei gli afferrò la ma-
nica. "Credo che dovremmo tornare a visitare quel
caffè," disse senza preamboli.

"Come state?" chiese il signor Barrett in una pa-
rodia di interesse. "Il tempo è molto bello. Siete arrivata a piedi o in carrozza?"

Lei gli lanciò un'occhiata e gli rivolse un sorriso
colpevole. "Scusate. Come state?"

"Molto bene. Per quanto riguarda il caffè, credo che dovremmo prendere in considerazione l'idea di abbandonare le nostre indagini."

Viola si fermò a fissarlo. "Perché?"

"È pericoloso. Stiamo cercando un uomo che non si è fatto remore a cercare di uccidere il Principe Reggente. Dubito che costui esiterebbe a usare la violenza contro di noi."

Sebbene ciò fosse vero, Viola si rifiutava di avere paura. Inoltre, era delusa da quel cambio d'idea. "La verità dovrebbe essere resa nota. Pensavo che foste d'accordo."

"Lo ero. Lo sono. Ma forse noi non siamo le persone migliori per indagare su questa situazione."

"Se non noi... No, non noi, *io*. Se non io, chi?" Viola lo guardò accigliata e ritrasse il braccio. "Come non detto. Non ho bisogno del vostro aiuto. E prima che minacciate di dirlo a mio fratello, glielo dirò io stessa, se necessario."

L'uomo esalò il fiato. "Non serve. Ma per favore, potreste pensare a quello che ho detto? Capisco che sia molto importante per voi scoprire queste informazioni e renderle note, ma di certo ci saranno altri argomenti di cui potete scrivere."

Nulla di grave come quello. Viola comprendeva la premura dell'uomo, ma la faccenda era troppo importante. "Rifletterò su quello che avete detto." Mentre pianificava la sua prossima mossa... da sola.

Il signor Barrett strinse gli occhi con aria scettica. "Devo preoccuparmi che vi facciate nuovamente viva da Brooks's, questa sera? Ho intenzione di andarci, per vostra informazione."

Viola levò gli occhi al cielo, quindi si incamminò lungo il sentiero verso il barroccio di sua nonna. Aveva fatto un giro completo e ora stava

tornando indietro. "Non c'è bisogno che vi preoc-
cupiate. Questa sera sarò a un ballo con mia nonna." Ballare. Il pensiero le rivoltava lo stomaco. E
pensare che si era chiesta come sarebbe stato ballare col signor Barrett! In quel momento, avrebbe
voluto pestargli quei piedi arroganti.

"Quale ballo?" chiese il signor Barrett.

"Quello di lady Goodrick," gli rispose distratta-
mente lei mentre intravedeva sua nonna che le faceva segno di tornare al barroccio. "Temo di dover
andare. Grazie per questa *utilissima* passeggiata."

"Vi prego di non essere arrabbiata con me.
Tengo al vostro bene, tutto qui."

Viola annuì; capiva, ma si sentiva comunque
tradita dal ripensamento dell'uomo. Voltandosi,
tornò al barroccio, dove sua nonna stava guardando nella direzione del signor Barrett.

"Con chi stavi parlando?" chiese la nonna.

"Col signor Jack Barrett."

"L'avvocato? No, lo era prima di diventare deputato. I Barrett occupano da sempre quel seggio
del Middlesex."

Viola la guardò stupita. "Nonna, ma tu conosci
tutti? Non rispondere. So che è così."

"Conosco suo padre. Anche lui era avvocato e
deputato, ed era considerato un principe del foro.
Tuo nonno ha lavorato con lui in Parlamento su
alcune questioni." La nonna le rivolse un'occhiata
colma di aspettativa. "Come fai a conoscere il signor Barrett?"

"Credo che sia stato Val a presentarmelo."

"Davvero mi tocca strizzarti fuori le informazioni come se stessi cercando di estrarre il succo da
un limone? Perché stavi passeggiando con lui?"

"Perché era lì?" Viola sapeva a cosa puntava sua
nonna. "Non è un mio corteggiatore."

"Ottimo. Puoi avere di molto meglio."

Quella era un'altra ragione per cui Viola non voleva sposarsi. Quando aveva accettato la proposta di Edmund, lo aveva fatto in parte per ciò che lui era: il figlio di un importante duca. Col senno di poi, un uomo di quel rango non sarebbe mai stato un buon partito per lei.

"E se non volessi?" chiese a bassa voce, abbassandosi lo sguardo in grembo prima di tornare a guardare sua nonna.

La nonna spalancò gli occhi. "Tu... provi qualcosa per quel deputato?"

"No!" rispose lei, subito e con veemenza. "Volevo dire, cosa succederebbe se prendessi in considerazione il matrimonio, come hai suggerito tu..." Per quanto *voluto* fosse un termine più corretto. "... e trovassi una persona che potrebbe piacermi sposare, ma questa persona non avesse un titolo?"

"Immagino dipenda da chi è questa persona. Se si trattasse di un fabbro, assolutamente no. Tuo fratello potrà anche accompagnarsi a persone del genere nella sua *taverna*, ma a te non è consentito." Se solo la nonna sapesse, pensò Viola mentre la vedova proseguiva: "Un deputato *potrebbe* essere accettabile."

Beh, buono sapersi. Ma anche inutile. Perché per quanto sua nonna potesse volere che lei si sposasse, Viola era ancora più decisa di prima a rimanere nubile.

CAPITOLO 7

*A*lle donne nubili era permesso indossare quel colore? Jack non riuscì a trattenersi dal fissare – di nascosto – lady Viola, abbigliata con un abito da sera di un vivido color pulce che sfiorava il rosso. Era un colore stupefacente, che attirava lo sguardo, e la donna che lo indossava tratteneva l'attenzione dello spettatore. Coi capelli color del miele acconciati in maniera elegante e il corpo avvolto alla perfezione nell'abito che sottolineava l'angolo snello delle sue spalle e il gonfiore del seno, lady Viola era una visione di bellezza femminile, ben lontana da Tavistock.

"Buonasera, Barrett. Di solito non vi si vede ai balli."

Jack si voltò e vide il suo amico Adam Chamberlain, un ex-deputato del Lancashire che ora sedeva alla Camera dei Lord come visconte Whitworth. "Di solito no. Come state, Whitworth?"

"Benissimo, grazie. Sono a caccia di una viscontessa, questa Stagione."

"Sono lieto di non dovermi preoccupare di produrre un erede," disse sorridendo Jack.

"Ah, ma provarci è divertente, vero?" ridacchiò Whitworth. Poi strinse gli occhi per guardare qualcosa dall'altra parte della sala da ballo. "Chi è quella bellezza con l'abito pulce?"

"Lady Viola Fairfax, credo."

Whitworth sussultò e la sua bocca si contrasse in una smorfia. "Come non detto."

Jack si voltò per fissare l'uomo, mentre un senso di offesa si levava nel suo petto. "Che significa?"

"Non la prenderei mai in considerazione. Dovrei temere che mi abbandoni il giorno del matrimonio, come ha fatto col povero Ledbury."

Viola era stata fidanzata col conte di Ledbury? Come aveva fatto Jack a non saperlo?

Perché a te non importa un fico secco dell'alta società e delle sue frivolezze. La domanda migliore è: perché mai avresti dovuto saperlo?

"Sono certo che avesse un buon motivo per non sposarlo," disse Jack, nonostante non avesse la minima idea di quale potesse essere il suddetto motivo. Non conosceva bene Ledbury, ma questi gli sembrava una persona abbastanza piacevole, dedita al suo lavoro alla Camera dei Comuni e fin troppo amichevole.

Whitworth inarcò le sopracciglia. "Voi la conoscete?"

Dannazione. "Non bene. Semplicemente, immagino che avesse buone ragioni. Quale signora si porrebbe volontariamente nella posizione di dover mandare a monte un matrimonio, se non per mancanza di alternative?"

"Suppongo di sì." La scrollata di spalle e lo sguardo scettico di Whitworth suggerivano che così non fosse, ma per fortuna un altro gentiluomo si avvicinò e la conversazione morì di una ben meritata morte.

Jack si scusò un istante dopo e raggiunse gradualmente l'angolo in cui lady Viola stava parlando con un'altra donna. Si inchinò a entrambe al suo arrivo. "Buonasera."

Lady Viola lo guardò stupita. "Buonasera, signor Barrett. Lasciate che vi presenti mia cognata, Sua Grazia la duchessa di Eastleigh."

"Lieto di fare la vostra conoscenza, Vostra Grazia." Jack rivolse un cenno del capo alla donna alta e bella.

"Lo stesso vale per me, signor Barrett. Ci siamo conosciuti brevemente circa un decennio fa, a Oxford. Mio padre era il direttore del Merton College."

Per un attimo, Jack rimase a bocca aperta. "Sono molto lieto di fare la vostra conoscenza. Vostro padre era un grand'uomo."

Un leggero colorito tinse le guance della donna. "Grazie. Sono d'accordo."

Ora che l'aveva conosciuta formalmente, Jack ricordò che Eastleigh gli aveva accennato che si erano conosciuti a Oxford. Doveva davvero prestare più attenzione alle informazioni di natura sociale; doveva ricordarsene. Soprattutto quando riguardavano i suoi amici.

Jack rivolse la propria attenzione a lady Viola. "Ero venuto a chiedervi se voleste danzare."

"No." La giovane lo stava guardando come se lui le avesse chiesto di pulirgli gli stivali dopo che aveva attraversato un campo coperto di sterco di vacca. Viola si affrettò ad aggiungere: "Grazie."

Sua Grazia sorrise, pur lanciando al tempo stesso a Viola un'occhiata piuttosto severa. "Ciò che Viola intendeva dire è che non ha particolarmente voglia di ballare *in questo momento*."

Lady Viola arrivò vicina ad accigliarsi: Jack vide la sua bocca serrarsi, dopodiché ella parve costringersi a rilassarsi lentamente, le labbra che si allentavano, ma che non assumevano davvero l'aspetto di un sorriso. Cercò di non ridere. "Sì, è questo che volevo dire. Ma mi piacerebbe fare una passeggiata."

"Ottimo." Jack le offrì il braccio e rivolse un cenno del capo alla duchessa. "Vi prego di scusarci."

Una volta che si furono allontanati di alcuni passi, sentì lady Viola rilassarsi. Non completamente, ma abbastanza perché lui si rendesse conto di quanto ella era stata tesa. "Non vi piace ballare?"

"Non particolarmente. Sono riuscita a evitare di farlo quasi del tutto nel corso degli ultimi anni." I muscoli della giovane si tesero di nuovo. "Mia nonna ha deciso che è ora per me di ricominciare."

Jack osservò la sala da ballo in cerca della duchessa vedova di Eastleigh. Minuta, con capelli color della neve e uno sguardo capace di rimpicciolire i testicoli di un uomo fino alle dimensioni di piselli, era una forza minacciosa. Jack l'aveva incontrata una volta sola e aveva deciso che non era necessario ripetere l'esperienza.

Solo che, in quel momento, stava passeggiando a braccetto con la nipote di quella donna. Cosa diavolo ci faceva lui con la sorella di un duca?

"Mi stupisce vedervi qui," disse lady Viola, guardandolo con la coda dell'occhio. "Mi sembrava aveste detto che sareste andato da Brooks's."

"È così. Ma non sono riuscito a trattenermi dal venire qui prima, una volta scoperto che ci sareste stata anche voi."

"Per favore, ditemi che non state civettando con me."

"Por– *no*." Jack si trattenne in tempo dall'imprecare. "Non prendetela sul personale. Io non civetto. Con nessuno." O forse sì. Chissà.

"Nemmeno io. A che servirebbe?"

Jack si mise quasi a ridere di nuovo, quindi le

lanciò un'occhiata di ammirazione. "Proprio così. Se vostra nonna vuole che balliate, spera che facciate anche dell'altro?"

"Sposarmi, volete dire?" I lineamenti di lady Viola si contrassero, la sua fronte si aggrottò e la pelle attorno alla sua bocca si tese. Vista di profilo, sembrava decisamente turbata.

"Una donna non può forse ballare senza che qualcuno si aspetti che si sposi?" chiese lui.

Lady Viola si fermò e si voltò a fissarlo. Un attimo dopo, disse con voce a malapena udibile, come se fosse sconvolta dalla sua domanda: "Sì. Esatto." Quindi, riprese a camminare.

Jack la condusse lungo il perimetro della sala da ballo, allontanandosi dagli altri invitati. "È per questo che odiate ballare?"

"Probabilmente. Qualcuno si aspetta sempre qualcosa. Se non il matrimonio, ci sono comunque delle aspettative o delle supposizioni, a seconda di chi è la persona con cui ho ballato e del numero di balli che abbiamo condiviso." La giovane levò gli occhi al cielo. "È sfiancante."

"Credo che per voi sia anche peggio," disse Jack con l'ombra di un sorriso.

"Signor Barrett, oserei dire che state cominciando a conoscermi fin troppo bene." Lady Viola gli lanciò un'occhiata fintamente allarmata.

"Non sono d'accordo. Ci sono molti dettagli su di voi che ignoro. Per esempio, giusto questa sera ho scoperto che siete stata fidanzata, in passato." Un rossore cominciò a diffondersi dal collo della giovane e subito Jack si pentì di essersi lasciato andare alla curiosità. "Come non detto. Facciamo finta che io abbia taciuto. Per favore."

Lady Viola sollevò la spalla del braccio che era intrecciato a quello di Jack. "È tutto a posto. Parliamo di qualcosa che è accaduto molto tempo fa.

Ormai, quasi nessuno vi fa più cenno. Mi stupisce che lo abbiate scoperto solo ora."

Jack intravide una domanda in quelle parole: perché qualcuno aveva sollevato l'argomento? "Vi stavo ammirando dalla parte opposta della sala da ballo." Non precisò che non lo aveva fatto da solo, né tantomeno che era stato l'altro uomo a indicare i 'problemi' di Viola.

"Davvero?" La domanda uscì dalla bocca della giovane con leggerezza maggiore del consueto, e in tono molto più alto di quello che lei usava quando impersonava Tavistock.

"È difficile non farlo: il vostro abito è magnifico." Così come lo erano i suoi capelli, l'aggraziata colonna del suo collo, la curva dei suoi seni. Jack si sforzò di allontanare quei pensieri.

"Grazie." Lady Viola si fermò vicino alla porta-finestra che portava al terrazzo. "Potremmo uscire per un momento? Mi sento un po' accaldata."

"Certo." Jack la condusse sul terrazzo che dava sul giardino murato. Camminarono fino alla ringhiera e lei allontanò il braccio da quello di Jack. Lui sentì immediatamente la mancanza del contatto. Non era mai accaduto prima.

La giovane tacque per un istante mentre fissava il giardino. Poi si voltò verso di lui. Jack non si era nemmeno girato verso la ringhiera: il suo corpo era rimasto completamente rivolto verso quello di Viola, come una piantina appena spuntata in cerca del sole.

"So che morite dalla voglia di sapere che ne è stato del mio fidanzamento."

Jack trovò del divertimento in quell'affermazione. "La sommità del vostro naso si arriccia a formare delle rughette quando siete particolarmente interessato a qualcosa. L'ho notato diverse volte nel corso della nostra frequentazione."

"Davvero?" D'istinto, Jack si toccò il ponte del naso. "Sembra che anche voi stiate imparando a conoscermi molto bene," mormorò, pensando che di certo quella doveva essere una circostanza straordinaria. Era mai capitato che una donna arrivasse a conoscerlo al punto da riconoscere una minuscola espressione facciale di cui lui stesso non si rendeva conto?

Lady Viola non rispose, per cui Jack disse: "Sì, mi piacerebbe sapere cos'è accaduto, ma non è necessario che me lo diciate. È evidente che Ledbury è un cretino."

Una risata magnifica esplose dalle labbra di Viola, che si portò di scatto una mano guantata alla bocca. I suoi occhi danzavano alla luce della luna. Jack era assolutamente ammaliato.

"Non era davvero un *cretino*," disse lady Viola dopo aver abbassato la mano. "Semplicemente, non era fatto per me. Mentre mi preparavo per la cerimonia in chiesa, mi sono resa conto che non avrei mai potuto scrivere qualcosa per una pubblicazione, fosse essa un giornale, un pamphlet o un libro. Lui sosteneva che una contessa non dovesse fare cose del genere. Non la *sua* contessa, perlomeno. Avrei cessato di esistere come Viola Fairfax nel momento in cui sarei divenuta la contessa di Ledbury. Non ce l'ho fatta." La giovane sembrava un tantino triste, ma non rammaricata. "Forse era *davvero* un po' cretino."

Più di un po', secondo la valutazione di Jack. "Quando mi convincerò a sposarmi, spero che mia moglie mantenga il senso della propria identità. Diventerà la signora Barrett, certo, ma la donna che era il giorno delle nozze sarà per sempre la donna di cui mi sono innamorato." Jack tossì, avvertendo all'improvviso un leggero disagio.

"Sempre che io abbia la fortuna di innamorarmi com'è successo ai miei genitori."

Lo sguardo di lady Viola si era intenerito mentre lui parlava. "I miei genitori si volevano molto bene, ma non credo che le loro emozioni fossero più profonde di così. Mio fratello è disperatamente innamorato di sua moglie. È un bel vedere." La giovane scosse la testa. "No, non *bello*. Potente. Commovente. Inebriante."

Jack si sentiva leggermente ebbro, al momento. L'impulso di baciare Viola lo travolse, sconvolgente ed entusiasmante al tempo stesso.

L'aria tra di loro parve assottigliarsi. Di conseguenza, i loro respiri accelerarono e divennero l'unico suono che lui era in grado di udire. La donna era tutto ciò che Jack riusciva a vedere...

"Dovremmo rientrare." Viola ruppe l'incantesimo con quelle due assennate parole.

Traendo un respiro profondo per calmare il cuore in tumulto, Jack le offrì ancora una volta il braccio. "Ledbury deve essersi molto dispiaciuto quando voi avete deciso di non sposarlo."

"Credo che sia rimasto sollevato. L'unione era stata orchestrata da suo padre e da mia nonna, e sebbene lui piacesse a me e io a lui, non c'era pericolo che uno di noi finisse col cuore spezzato."

Qualcosa si serrò dolorosamente nel petto di Jack. Lui ignorò la sensazione. "Ho cambiato idea riguardo alla nostra indagine. Credo che dovremmo andare da Brooks's lunedì sera."

Lady Viola si fermò sulla soglia della sala da ballo, prima di rientrare. "Davvero?"

"Continuo a pensare che sia pericoloso, ma è una faccenda troppo importante per ignorarla." Jack ci aveva pensato su da quando l'aveva vista, quel pomeriggio, ma la conversazione in terrazza l'aveva convinto. Viola voleva partecipare a quell'indagine. Meritava di farlo. E lui l'avrebbe aiutata ad arrivare fino in fondo.

La giovane gli strinse il braccio. "Grazie. Davvero."

Un'altra coppia raggiunse la soglia e Jack guidò rapidamente lady Viola all'interno. "Verrete come mia ospite e faremo quello che avevate in mente di fare con Pennington: terremo le orecchie aperte e scopriremo il possibile."

"Che ne direste di comportarci come se conoscessimo già l'identità del deputato?" suggerì a bassa voce lei, il tono colmo di aspettativa. "Potremmo accennare ai pettegolezzi, ma evitare di menzionare il nome di quel parlamentare. Proprio come hanno fatto tutti gli altri," aggiunse in tono sarcastico.

"Credete che Pennington abbia mentito? Che sappia più di quanto aveva rivelato?"

Lady Viola fece spallucce. "Credo sia possibile. Così come credo che Hodges sapesse di più. Probabilmente, dovremmo tornare a far visita anche a lui."

"Probabilmente. Sono solo leggermente nervoso all'idea che Tavistock sia visto seguire questa storia."

"A dire il vero, ci ho pensato. Oggi, al parco, sono riuscita a spostare su questo argomento una conversazione con un gentiluomo."

Jack si fermò mentre l'apprensione lo lacerava. "Con chi avete parlato?" Non sapeva per certo cosa temesse di sentirsi dire: non c'erano persone che lui temesse. Tranne tutti, quando si trattava della sicurezza di lady Viola. Buon Dio, cosa gli stava succedendo?

"Lord Orford. Non mi è parso che sapesse nulla."

Jack emise un suono di disgusto. "Questo è sicuro. Viene da uno dei tanti borghi putridi nelle tasche di suo padre. Presta attenzione solo alle questioni di interesse di suo padre." La guardò con serietà. "Dovete promettere di non farlo mai più. È già abbastanza problematico che Tavistock stia chiedendo informazioni alla gente; non è il caso che lo faccia anche lady Viola Fairfax."

La giovane annuì. "Starò attenta." Strinse leggermente gli occhi. "Mia nonna mi sta fissando. Mi chiederà perché ho camminato con voi invece che ballare."

"Ditele che ho una menomazione che mi impedisce di praticare quell'attività."

Lady Viola sorrise e il desiderio di baciarla lo travolse di nuovo. "Geniale."

Jack doveva allontanarsi da lei alla massima velocità possibile prima di fare qualcosa di incredibilmente stupido come dirle cosa voleva. "Ci vediamo lunedì all'ingresso delle vostre scuderie. Alle nove in punto."

Lady Viola annuì. "Attenderò con ansia il momento." I suoi occhi cerulei brillavano alla luce delle centinaia di candele sopra le loro teste.

Anche Jack avrebbe atteso con ansia il momento... probabilmente più di quanto non facesse da molto, molto tempo.

CAPITOLO 8

$\mathcal{L}$unedì sera, Viola scese dalla vettura dopo il signor Barrett e si raddrizzò la giacca. L'uomo fissò il suo gilet color pulce. "Avrei dovuto dirvi di cambiarvi."

Lei passò una mano sull'indumento. "Perché? Mi piace molto il risultato. Sì, lo so che è dello stesso colore dell'abito che indossavo sabato, ma credete che qualcuno se ne accorgerà?" Non attese una risposta. "Beh, se anche lo facesse, penserebbe semplicemente che il signor Tavistock si rifornisce nello stesso negozio di lady Viola Fairfax."

Jack levò gli occhi al cielo. "Discutere con voi è spesso un esercizio della peggior futilità."

"State imparando! Ottimo." Viola gli rivolse un rapido sorriso sardonico e si incamminò verso l'ingresso di Brooks's.

L'atrio era maestoso, col pavimento di marmo bianco e la famosa scalinata che si arrampicava lungo la parete destra. Viola si chiese cosa ci fosse là sopra, prendendo al tempo stesso atto del fatto che, probabilmente, non lo avrebbe mai scoperto. Che fosse lì dentro era già di suo stupefacente.

Come in occasione della sua ultima visita, il senso dell'avventura la colmò di entusiasmo e di aspettativa. Questa volta l'effetto era migliore, perché non era sola. Il signor Barrett la faceva sentire... al sicuro.

Trascorsero i minuti successivi salutando diversi gentiluomini mentre raggiungevano la sala riservata. Il signor Barrett si chinò e mormorò: "Vedo Pennington laggiù in quell'angolo. Dirigiamoci in quella direzione."

Lei annuì in risposta e insieme cominciarono ad attraversare la stanza. Un altro gentiluomo fermò il signor Barrett e si mise a parlare con lui. Viola non aveva particolarmente voglia di fare nuove conoscenze, soprattutto perché l'uomo sembrava concentrato solo ed esclusivamente sul signor Barrett. Voltandosi, Viola fece per proseguire verso Pennington e per poco non andò a sbattere contro un'altra persona.

"Chiedo scusa." Il conte di Ledbury – Edmund – abbassò lo sguardo su di lei e i suoi occhi scuri un tempo familiari si colorarono di imbarazzo. "Temo che non stessi guardando dove stavo andando."

Il conte la osservò e il cuore di Viola prese a battere a un ritmo frenetico. L'uomo l'avrebbe riconosciuta? Lei era sicura che le basette celassero a sufficienza la sua femminilità. Ma il signor Barrett non si era lasciato ingannare. Viola si disse che era al sicuro, purché non mostrasse il posteriore.

"Nessun problema," disse, abbassando la voce ancora più del solito a causa dell'apprensione.

"Ci conosciamo?" Edmund continuò a osservarla e il suo sguardo assunse una sfumatura confusa.

"Non ne sono sicuro. Mi chiamo Tavistock."

"Ledbury," disse il conte. "Avete un che di familiare, per cui sono sicuro che ci siamo già conosciuti. Sto solo cercando di capire dove..."

L'allarme risuonava nel corpo di Viola. Doveva allontanarsi da lui!

"Buonasera, Ledbury." Il tono di voce suadente e ottimista del signor Barrett la calmò... almeno in parte. "Vedo che avete conosciuto Tavistock."

"Sì, anche se sono certo che ci siamo già conosciuti." Edmund scosse la testa. "Non importa. Lieto di conoscervi, Tavistock."

Viola inclinò la testa.

"Vada per il brandy?" le chiese il signor Barrett.

"Assolutamente."

Si congedarono da Ledbury e proseguirono per la loro strada. Prima che raggiungessero Pennington, il signor Barrett rallentò. "Mi dispiace avervi lasciata sola."

"Non lo avete fatto. Sono stata io ad allontanarmi." Viola scosse la testa per rimproverare se stessa. "Non lo rifarò finché saremo qui."

"Ledbury sembrava convinto di conoscervi. Lo avete mai conosciuto nelle vesti di Tavistock?"

Lei scosse la testa. "Non viene al Duca Malandrino, naturalmente. Dato che Val ne è il proprietario. Sarebbe *davvero* imbarazzante."

"Credete che abbia riconosciuto *voi*?"

"No, ma ammetto di essermi allarmata per un istante. Ho sempre pensato che il mio travestimento fosse perfetto. Ma voi lo avete scoperto." Viola avvampò e temette che le sue guance si fossero fatte scarlatte. "Andiamo da Pennington?" La sua voce si era alzata leggermente oltre l'estensione vocale di Tavistock. Si rimproverò mentalmente per quella stupidaggine.

"Sì, andiamo da Pennington."

Arrivarono al tavolo di Pennington senza ulteriori inconvenienti. L'uomo sedeva assieme ad altri due gentiluomini.

"Tavistock, Barrett!" Pennington li accolse con

un gran sorriso. "Sedetevi con noi. Conoscerete di certo Naylor e Yates."

"Naturalmente," disse il signor Barrett, prendendo posto.

Per un attimo, Viola attese che egli le tirasse indietro la sedia, prima di rendersi conto che si supponeva lei fosse un uomo. Si sedette alacremente e sperò che presto sarebbe arrivato del brandy. Aveva bisogno di un sorsetto o due per calmare i nervi. A causa di Ledbury.

Ma sì, a causa di Ledbury.

O del fatto che sei da Brooks's vestita da uomo.

Non certo per via di Jack Barrett. Figurarsi.

Il brandy arrivò effettivamente presto e Viola ne bevve due brevi sorsi. Poi fece del proprio meglio per partecipare alla conversazione sui cavalli. Dopo un po', Naylor e Yates si congedarono. Viola e il signor Barrett si scambiarono un'occhiata e lui le rivolse un lieve cenno del capo. Questo significava che toccava a lei mettere in atto il piano di cui avevano discusso.

"Pennington," esordì Viola, "l'altro giorno ho incontrato Hodges al caffè. Mi ha detto tutto riguardo a quel... *incidente.*" Inarcò le sopracciglia prima di prendere il bicchiere e fingere di bere un altro sorso. Fingere di bere quanto i suoi sodali era parte importante della mascherata.

Pennington sporse le labbra e strinse gli occhi prima di capire. "Ah! L'*incidente.* Vi ha detto *tutto?*"

Viola annuì. "Proprio così. È stata una discussione molto affascinante."

"Ne ha parlato anche a voi?" chiese Pennington al signor Barrett.

"No, ma Tavistock ha condiviso i dettagli con me. È davvero sconvolgente pensare che sia accaduta una cosa del genere."

Il colorito di Pennington si fece più smunto.

L'uomo cambiò posizione sulla sedia. "Spero che non ne parlerete con nessun altro. Non avrei dovuto dirvi nulla al Duca Malandrino. Spero che non abbiate riferito a nessuno che l'ho fatto."

L'uomo sembrava… spaventato. Viola scambiò un'altra occhiata col signor Barrett, che sembrava condividere le sue preoccupazioni.

"No, non ne abbiamo parlato con nessuno," disse Viola senza sbilanciarsi. "Ma voi sapete che sono un reporter."

Pennington ebbe un sussulto. "Sì. Beh, qualunque cosa scriviate, spero che non farete il mio nome."

"Certo che no," disse il signor Barrett. "È… una faccenda delicata. La vostra identità non è importante; lo è solo quella di quel parlamentare."

"Sapete chi sia?" Pennington spostò lo sguardo dall'uomo all'altro, negli occhi un misto di curiosità e terrore.

"Voi no?" ribatté il signor Barrett prima che Viola potesse formulare una risposta.

Pennington scosse la testa. "Fortunatamente, no. Credo sia solo questione di tempo prima che venga arrestato."

Il signor Barrett si sporse in avanti. "Perché ne siete convinto?"

Dopo aver svuotato il bicchiere di brandy, Pennington lo rimise sul tavolo e si alzò bruscamente. "Se volete scusarmi, ho un impegno altrove."

Ciò detto, l'uomo se ne andò, allontanandosi come se il club avesse preso fuoco.

"Secondo voi, cos'è che lo spaventa tanto?" mormorò Viola, rivolgendosi al signor Barrett.

"Non lo so, ma la cosa è quantomeno preoccupante. Vorrei che avesse risposto all'ultima domanda. Sa qualcosa che lo spinge a credere che quel deputato verrà arrestato? O stava solo formulando delle ipotesi?" Il signor Barrett picchiettò con un dito sul tavolo. "Considerata la sua reazione, non credo di voler proseguire, questa sera. Credo sia il caso di andare."

Il disappunto sbocciò in Viola, che tuttavia non era in disaccordo. L'incontro con Edmund l'aveva innervosita e il comportamento bizzarro di Pennington non aveva fatto che intensificare la sua sensazione di disagio.

Si alzarono e lasciarono la sala riservata rapidamente, senza fermarsi a chiacchierare con nessuno. All'esterno, il signor Barrett fermò una vettura e diede al vetturino l'indirizzo delle scuderie di Viola.

"Vi accompagnerò a casa prima di proseguire per il Duca Malandrino," disse l'uomo, sedendosi accanto a lei, dato che il veicolo possedeva un sedile unico.

"Andate mai a casa?" chiese lei.

"Sì."

"E dove sarebbe?"

"In King Street, al confine di St. James's Square."

All'esterno di Mayfair. Era comunque una zona elegante, ma all'improvviso Viola divenne consapevole dell'abisso che li separava: lei era la sorella di un duca e lui un avvocato e un deputato. "Vi piaceva essere avvocato, o preferite essere un parlamentare?" chiese.

L'uomo parve sconcertato dalla sua domanda, che effettivamente doveva suonargli bizzarra. "Stavo pensando a quanto siamo diversi," gli spiegò. "E a quanto, al tempo stesso, non lo siamo," aggiunse a bassa voce.

L'uomo si voltò verso di lei sul sedile. "Preferisco essere un deputato. Mi piace fare la differenza per gli altri. Mio nonno e mio padre sono stati entrambi deputati prima di me. Sono onorato di continuare quello che hanno iniziato."

Viola lo comprendeva. Il signor Barrett era un uomo dignitoso e orgoglioso, ma senza arroganza. O non troppa, almeno. Una spruzzata di arroganza era piuttosto attraente, decise. O forse era Jack Barrett a essere attraente.

Alcune linee attorno alla bocca dell'uomo si incresparono. "Probabilmente, dovremmo smetterla. Avete rischiato grosso con Ledbury. È solo questione di tempo prima che qualcuno scopra che siete donna."

"Qualcuno oltre a voi, volete dire."

Gli occhi del signor Barrett erano più scuri della notte che li circondava, ma colmi di un'intensa energia. "Sì. E allora sarete in guai grossi."

"Che genere di guai?" La domanda le uscì spontanea di bocca, con voce roca e carica di attesa.

"Scandalo. Rovina. Desiderio."

Il cuore di Viola accelerò i battiti. "Desiderio?"

"Siete una donna molto attraente, anche con quel dannato travestimento. Se qualcuno vi osservasse attentamente, si ritroverebbe ammaliato."

"Voi lo siete?" chiese bassa voce lei.

L'uomo si sporse in avanti, il viso così vicino a quello di Viola da consentirle di vedere la vaga ombra della sua barba che cominciava a scurirgli la mascella. "Irrevocabilmente."

La testa dell'uomo si abbassò e lei portò rapidamente le mani alle basette, strappandosele dal viso. Ebbe un lieve sussulto per il momentaneo bruciore – di solito non se le strappava via così – mentre si infilava il travestimento nella tasca della giacca.

Il signor Barrett inarcò le sopracciglia. "Meglio." Quindi, le sue mani si sollevarono a circondarle il viso e i suoi pollici percorsero la pelle sensibile che era stata coperta dai favoriti.

Accigliandosi, l'uomo ritrasse le mani e lei temette che avesse cambiato idea. Il disappunto le inacidì lo stomaco, scacciando il desiderio. Poi, lei si rese conto che Barrett si stava togliendo i guanti. Le mani dell'uomo tornarono, questa volta nude, e la carezza del suo pollice contro le guance e la mascella di Viola provocò una nuova ondata di desiderio.

"Meglio," mormorò lei, riecheggiando le parole dell'uomo, lasciando che le sue palpebre calassero mentre la bocca di lui premeva contro la sua.

Viola aveva baciato Edmund, naturalmente, e con molta passione, o almeno così aveva creduto. Era stato piuttosto piacevole, ma non era così che avrebbe descritto la sensazione delle labbra del signor Barrett – di Jack, perché come poteva pensare a Edmund come a Edmund e non a Jack come a Jack? – su di lei.

L'uomo la baciò teneramente, la bocca che si soffermò con una carezza delicata. Quindi, angolò la testa dall'altra parte e la baciò di nuovo. Si riposizionò ancora e la stuzzicò un'altra volta, con un bacio delicatissimo che fece di tutto per ravvivare il desiderio di Viola e nulla per soddisfarlo.

Lei lo afferrò per la nuca e lo tenne fermo mentre lo baciava con più fermezza di quanta lui avesse osato. Fondendo la bocca con quella dell'uomo, Viola schiuse le labbra. La lingua di Jack guizzò in lei e fu come se una barriera invisibile fosse crollata.

L'uomo le circondò la nuca con una mano, facendole cadere il cappello. Sollevandosi sopra di lei, la costrinse con delicatezza a indietreggiare mentre si tuffava nella sua bocca. L'altra mano le scivolò lungo il collo e sul petto, per poi infilarsi sotto la sua giacca, dove si appiattì contro il suo gilet. Sì, era quello ciò che lei voleva, ciò che le era *mancato*. No, non le era mancato perché lei non lo aveva mai avuto. Non poteva fare alcun paragone con Edmund. Era attratta da quell'uomo in quella carrozza come non era mai stata attratta da nessuno.

Il bacio terminò, solo per ricominciare con fervore ancora più intenso. Viola serrò le mani tra i capelli sulla nuca di Jack e gli levò il cappello. Non sapeva dove fosse finito, solo che la testa dell'uomo era nuda e lei poteva passare le dita attraverso i suoi capelli folti.

La mano dell'uomo le premette contro il seno, che era fasciato da una striscia di mussola. Viola non si era mai pentita delle sue scelte in fatto di costumi, in passato, ma quella sera voleva disperatamente essere donna.

Bramosa di approfondire il tocco dell'uomo, Viola si tese contro di lui, abbassando una mano sulla sua spalla e stringendo forte. Jack staccò la bocca dalla sua e le mordicchiò il labbro. Viola gemette, un suono sfinito nei confini dello spazio ristretto.

Jack le guidò la testa nuovamente al suo posto mentre le sue labbra e la sua lingua le percorrevano la mascella e le scendevano lungo il collo. "Dannato fazzoletto," mormorò l'uomo.

Oh, quanto avrebbe voluto Viola avere addosso un abito da donna!

Ma poi, il suo abbigliamento perse di importanza, perché la vettura si fermò improvvisamente e con sua somma delusione.

Jack si tirò indietro, il respiro che colmava la carrozza, a suggerire che il suo cuore e quello di Viola marciavano allo stesso ritmo. "Vi chiedo perdono."

Viola avvertì un calore delizioso nel centro del

suo essere e guardò l'uomo negli occhi. "Assolutamente no. Mi rifiuto di concedervelo."

Jack parve rimanere senza parole, ma si riprese
subito. "State attenta quando uscite. Devo venire
con voi?"

Sì, venite con me. Restate con me.

"No. Ci rivedremo…" Viola raccolse il cappello
da terra. "Quando ci rivedremo?"

"Presto."

"Dovremmo andare da Hodges."

"Sì." Forse Jack era davvero senza parole, al
momento.

"Domani?"

L'uomo scosse la testa. "Mercoledì. No. Gio-
vedì. Alle due."

"Arriverete puntuale?"

Il vetturino bussò sul tettuccio.

Jack aprì la portiera sorridendo. "Impertinente."

Lei lo baciò ancora una volta, rapidamente e
con trasporto, scalfendogli coi denti il labbro inferiore mentre si allontanava. "Buonanotte."

Il sorriso sul suo viso non svanì mentre tornava
a casa, né svanì quando lei si addormentò. Anzi, era
ancora al suo posto quando si svegliò il mattino
dopo.

CAPITOLO 9

Gli ultimi due giorni erano stati i più lunghi di cui Viola avesse memoria. A quanto pareva, le mancava la presenza di Jack Barrett.

E non erano davvero trascorsi due giorni. Non ancora. Ma ne sarebbero passati più di due quando lei avrebbe rivisto l'uomo l'indomani.

Oh, tutto questo non andava bene. Né sarebbe andato bene rigirarsi nel letto mentre riviveva l'esperienza della bocca dell'uomo sulla sua, delle sue mani sul corpo… Persino ora che sedeva in biblioteca con la nonna, sbirciando una mappa come le piaceva fare, cominciava ad avere troppo caldo.

Blenheim entrò nella biblioteca. "Sua Grazia il duca di Eastleigh."

Val entrò, una ciocca di capelli biondi che gli sfiorava la fronte come capitava spesso quando si passava una mano tra i capelli. O forse la ciocca si era distaccata dall'acconciatura quando il fratello di Viola si era tolto il cappello. Quale che fosse la ragione, quel dettaglio non mancava mai di conferirgli un fascino da ragazzo che ricordava a Viola la loro infanzia. Sebbene avessero cinque anni di differenza, erano sempre stati molto legati, tranne che per gli anni in cui lui l'aveva abbandonata per frequentare Oxford. Poi, quando Val era tornato, lei e la nonna si erano trasferite in quella casa in Berkeley Square.

"Che bello vederti," disse la nonna, sbirciando Val da sopra l'orlo degli occhiali che usava per leggere. "Cominciavo a pensare che ti fossi dimenticato della nostra esistenza."

"Adesso esageri," disse sorridendo Val. "Ma mi sono sposato da poco ed ero impegnato a viziare mia moglie. Dato che ella si trova in una condizione da te molto desiderata, mi aspetterei la tua comprensione, se non il tuo appoggio incondizionato."

La nonna ridacchiò, mostrando un raro lampo di divertimento. "Sei un demonio. Proprio come tuo padre. E tuo nonno."

"Considerata la stima che porti a entrambi, lo prenderò come un immenso complimento." Val si incamminò verso Viola, seduta al tavolo con la sua nuova mappa stesa di fronte a sé. "Su quali luoghi remoti stai rimuginando, oggi?"

"Il Sudamerica. Ho comprato questa mappa giusto ieri. Sono affascinata dalle Ande. Chi non sarebbe felice di trovare montagne così alte che in certi giorni, a causa delle nuvole, non si riesce nemmeno a distinguere le sommità?"

"Preferisce trascorrere il suo tempo immersa in quelle sciocchezze che fare qualcosa di produttivo," disse la nonna, facendo sì che Viola si mettesse subito sulla difensiva. La vedova era ancora contrariata perché lei aveva ballato con un solo uomo al ballo dei Goodrick, il sabato precedente. Era colpa sua se un solo gentiluomo le aveva chiesto di ballare?

Beh, glielo avevano chiesto in due, ma Barrett non contava, perché Viola non aveva ballato con lui. Avrebbe voluto farlo, ma non quanto aveva voluto parlargli.

"Nonna, quando – e se – Viola deciderà di sposarsi, sarà un evento magnifico, per tutte le migliori e più splendide ragioni," disse allegramente Val. Un uomo che aveva evitato la trappola del matrimonio fino a quando la donna perfetta, la donna che lui adorava, non era arrivata.

Viola non aspettava un simile colpo di fortuna, non quando esso era capitato a suo fratello. Di certo, le probabilità erano contro di lei. Inoltre, dubitava che un uomo del genere esistesse davvero. Le sue aspettative erano troppo irragionevoli perché un uomo potesse prenderla in considerazione.

Nonostante quella riflessione molto razionale, le venne in mente Jack Barrett. *Perbacco.*

"È proprio per via della tua felicità che Viola dovrebbe aprirsi all'idea del matrimonio." La nonna le lanciò un'occhiata contrariata.

"Dalle tempo," disse a bassa voce Val.

"Le ho dato cinque lunghi anni," disse la nonna. "Sei pronto a prenderti cura di tua sorella quando io non ci sarò più?"

"Ma certo. Non abbandonerei mai Viola." Val le rivolse un sorriso di incoraggiamento. "Le fornirò qualunque sostegno di cui lei abbia bisogno."

"Sì, ma a quale costo per la tua famiglia?" La nonna sbuffò e posò il libro sul tavolo alla sua destra. Si tolse gli occhiali e li appoggiò sul volume. "Aiutami ad alzarmi."

Val corse ad aiutare l'anziana, dandole la mano e afferrandole il gomito fino a quando ella non fu saldamente in piedi.

La nonna lo guardò accigliato. "Non sono un'invalida." Poi uscì dalla biblioteca, la testa alta, la schiena dritta e rigida come un'asta da cui sventolava la Union Jack.

Viola gemette a bassa voce e appoggiò la fronte alla mappa per un breve istante.

"Non lasciarti turbare da lei," disse Val. A giudicare dal suono della sua voce, si era avvicinato.

Viola sollevò la testa e vide che suo fratello era accanto al tavolo. "Ci provo, ma diventa sempre più difficile. Non passa quasi giorno in cui lei non introduca l'argomento."

"Sai, non è poi così terribile—"

"*Et tu, Brute?*"

"L'amore è stupendo. Dovresti dargli una possibilità."

Lei non aveva mai sperimentato l'amore... non romanticamente, in ogni caso. "Sono comunque una paria. È difficile ballare o conversare coi gentiluomini quando loro non ti avvicinano."

"Alcuni lo fanno," obiettò Val. "Non ti ho forse vista con Jack Barrett al ballo dei Goodrick?"

Anche la nonna l'aveva vista e, naturalmente, l'aveva criticata per aver passeggiato con l'uomo *due volte* nello stesso giorno. Era quasi uno scandalo! O così aveva detto l'anziana.

"Abbiamo opinioni politiche simili. Per favore, non dirmi che non dovrei parlare con lui."

"Immagino che lo abbia già fatto la nonna."

Viola adottò il tono imperioso della vedova. "Non è il genere di gentiluomo che dovrei sposare."

Val sorrise da un orecchio all'altro. "Le hai detto di non preoccuparsi, dato che Jack non ha alcuna voglia di sposarsi? È forse uno scapolo ancora più convinto di quanto lo ero io. Almeno per il momento. Non si prende nemmeno del tempo per un'amante." Suo fratello le lanciò un'occhiata di scuse. "Fai finta che non lo abbia mai detto."

"Non sono una suora," disse Viola, ignorando la scintilla di piacere provocata dal commento di suo fratello. No, lei non era una suora, come lo dimostrava aver baciato Jack l'altra sera. E il fatto che fosse ansiosa di rifarlo. Ma l'attrazione non era amore e sposare Jack – o chiunque altro – era fuori questione.

Val estrasse una lettera dalla giacca. "Questa è arrivata al Duca Malandrino, oggi."

Viola prese la lettera. Su di essa era scritto 'Tavistock' a caratteri cubitali. Sollevando lo sguardo su Val, scrollò una spalla mentre la apriva. Quando posò lo sguardo sul foglio, il suo cuore accelerò i battiti a ogni parola e, una volta giunta alla fine, temette che Val potesse vedere il suo petto alzarsi e abbassarsi in preda all'agitazione.

> *Caro signor Tavistock.*
>
> *Le vostre indagini sulla questione del Principe Reggente dimostrano che la verità dietro all'attentato deve essere resa pubblica. Il signor Jack Barrett, rappresentante del Middlesex, è un noto simpatizzante radicale e intrattiene rapporti con gruppi radicali. È stato visto incontrarsi con uno di essi alla Corona e l'Ancora la sera prima dell'attentato al Principe. Qualcuno, in quel gruppo, ha detto che è stato Barrett a organizzare l'attentato.*
>
> *Crediamo che voi dobbiate pubblicare questa informazione prima che venga messo in atto un nuovo attentato.*
>
> *Cordiali saluti,*
> *Un cittadino preoccupato*

Le mani di Viola tremavano. Jack non poteva aver fatto una cosa del genere. Era impossibile. Lui stava cercando di aiutarla a scoprire cosa fosse accaduto.

Ma lo stava facendo davvero?

Aveva cercato di convincerla a interrompere le indagini. L'altra sera, da Brooks's, l'aveva allontanata dal club prima che lei avesse la possibilità di parlare con qualcuno che non fosse Pennington. Era come se l'uomo stesse cercando di controllare l'indagine. Il che aveva senso, se la responsabilità era sua.

Viola si sentì nauseata.

"Cosa dice?" chiese Val.

Viola piegò rapidamente la missiva e se la mise in grembo. "Qualcuno che mi suggerisce di scrivere di lui." Molti uomini, al Duca Malandrino, avevano cercato di convincerla a fare proprio quello.

Val ridacchiò. "Suppongo che ad alcuni piaccia la notorietà. Basta che mi tieni fuori dalla tua rubrica."

"Lo faccio sempre. Anche se ho intenzione di accennare al tuo matrimonio e alla felicità che esso ti porta. Temo di non poterne fare a meno."

Una risata si riversò dalle labbra di Val, che annuì. "Immagino che non ci sia nulla di male in questo. In verità, non c'è mai nulla di male nella tua rubrica: sei sempre gentile quando scrivi di altri."

Viola pensò a cosa sarebbe potuto accadere a quel deputato se lei avesse scritto di lui. Solo che ora non si trattava più di un deputato senza nome. Si trattava di Jack Barrett, se bisognava dare credito alla lettera che lei aveva in grembo. "Questa sera ci sarò." Doveva andare. Era l'occasione migliore per vedere Jack. E lei *doveva* vederlo.

"Io farò un salto sul tardi," disse Val. "Ci vediamo allora." Si chinò e le diede un bacetto sulla guancia, per poi andarsene.

Viola spiegò la lettera e la rilesse. Poi la rilesse ancora. Dopo la quinta volta, l'aveva imparata a memoria. Lo sconvolgimento e l'orrore erano svaniti, rimpiazzati dalla rabbia e da un senso di tradimento assoluto.

La ragione le diceva che c'era la possibilità che la lettera non fosse vera. Ma si trattava della ragione? O di qualcosa di molto più sciocco, come i suoi sentimenti nei confronti di Jack?

E com'era possibile? Lei aveva già deciso che l'amore era fuori questione, che quella nei confronti di Jack era semplice attrazione. Era un inconveniente che lei doveva – e voleva – ignorare. Era decisa a perseguire la verità.

E, in quel momento, Barrett era l'ostacolo principale sul suo cammino.

~

*J*ack si trascinò al Duca Malandrino che erano quasi le dieci. Esausto dopo una giornata di dibattiti politici, probabilmente avrebbe fatto meglio a tornare a casa. Invece, si era convinto a fermarsi per una birra. Dopotutto, la taverna era – più o meno – sulla strada di King Street.

"Barrett!"

Jack sollevò la mano in un gesto di saluto e stava per sedersi al solito posto quando il suo sguardo incrociò quello di Viola, o meglio, di Tavistock. La giovane sedeva nell'angolo con alcuni altri uomini e aveva palesemente notato il suo ingresso. Il suo sguardo era incollato a lui, la mascella tesa.

Qualcosa non andava.

Mary gli porse un boccale di birra. "Buonasera," disse. Sbatté le ciglia e gli sfiorò il braccio col seno mentre lo oltrepassava.

Accigliandosi, Jack si levò la cameriera dalla testa e tornò a guardare Viola, che lo stava ancora osservando. Accennò col capo al retro della taverna, sperando che lei capisse che doveva raggiungerlo nel magazzino.

Jack entrò nella saletta privata e raggiunse con noncuranza il ripostiglio dove aveva sistemato le basette di Viola la settimana prima. Una volta entrato nella minuscola stanzetta, posò il boccale su uno scaffale.

Qualche istante dopo, la giovane entrò e si chiuse la porta alle spalle.

Rimasto solo con lei in quello spazio chiuso e male illuminato, Jack fu catapultato nuovamente alla vettura dell'altra sera, nella quale si erano baciati. Calore e desiderio pulsavano in lui, che si chiese se magari avesse frainteso quando aveva pensato che qualcosa non andasse. Forse la giovane era ansiosa di baciarlo di nuovo quanto lo era lui.

Le si avvicinò – solo di un passo – e lei si appiattì contro la porta. Infilata una mano nella giacca, Viola estrasse un foglio piegato, che gli porse.

"Spiegate questo," disse seccamente la giovane. "Se ne siete in grado."

Una sensazione di inquietudine gli accarezzò le spalle mentre prendeva il foglio. Spostandosi verso la piccola lanterna fissata alla parete e la sua scarsa luce, Jack sollevò la lettera e la lesse. Rabbia e incredulità si fecero la guerra nel suo cervello.

Lasciando ricadere la lettera lungo il fianco, si voltò verso Viola. "Non è vero."

"Non eravate a quell'incontro alla Corona e l'Ancora?"

"Ecco–" Dannazione. "Sì, c'ero. Non a un incontro, ma ero alla Corona e l'Ancora quella sera. La gente si ritrova in quel luogo per numerose ragioni. Di sicuro non ero lì per orchestrare un piano per uccidere il Principe."

"Allora come spiegate questa lettera?"

Jack abbassò lo sguardo sul foglio che aveva in mano. "I deliri di un folle? O di un vigliacco? L'autore non si è nemmeno firmato. È palese che qualcuno vuole associarmi all'attentato."

"Credete che qualcuno voglia che io scriva un articolo per sostenere che voi abbiate istigato l'attentato al Principe?"

Chi mai avrebbe fatto una cosa del genere? Molti, purtroppo. Jack aveva parecchi nemici politici. Ma l'idea che uno di loro potesse arrivare a tanto lo nauseava. E lo rendeva furioso.

"Non riesco a immaginare un'altra spiegazione," rispose a bassa voce lui.

"È possibile che questa persona sia in errore? Che vi abbia visto alla Corona e l'Ancora e abbia pensato che foste voi il deputato che ha organizzato l'attentato?"

"Chi ha detto che c'entri davvero un deputato?" Se lo sgabuzzino non fosse stato così dannatamente piccolo, Jack si sarebbe messo a camminare in cerchio. "Forse è tutta una montatura. È mai esistito davvero un deputato che collabora coi radicali, o è tutto un tentativo di screditarmi?"

"Screditarvi?" Viola lo fissò. "Potreste finire in prigione."

Probabilmente... almeno col clima attuale. "Non c'è nessuna prova," disse Jack, detestando che Viola avesse dubitato di lui. "Nessuno mi condannerebbe, perché io *non ho fatto nulla*."

Jack appallottolò la lettera che aveva in mano mentre la furia imperversava in lui. Quando avrebbe trovato la persona dietro tutto ciò... Sollevò lo sguardo per incrociare quello di Viola. Era ancora premuta contro la porta, gli occhi azzurri colmi di sospetto.

"Voi non mi credete." Il suo tono di voce era

piatto, le sue emozioni sempre più flebili, fino a quando lui non fu più certo di provare qualcosa.

"Io... vorrei farlo. Ma non so cosa credere. C'è un che di radicale nelle vostre convinzioni."

"E anche nelle vostre. Voi cerchereste di uccidere il Principe Reggente? Forse dovrei chiedervi dove eravate quella sera di gennaio."

Viola inalò bruscamente e Jack si pentì subito di quello che aveva detto.

"So che voi non c'entrate nulla," mormorò. "Vorrei solo che pensaste lo stesso di me."

Trascorse un lungo istante prima che la giovane esalasse e rispondesse. "Mi avete detto ripetutamente di usare cautela. Sto cercando di farlo."

Quello, Jack poteva capirlo. La guardò intensamente, muovendosi verso di lei, ma senza avvicinarsi troppo. "In tal caso, vi dimostrerò la mia innocenza. Andremo alla Corona e l'Ancora e vi presenterò gli uomini con cui ero quella sera, cosicché vi dicano di cosa abbiamo discusso."

Lo stupore lampeggiò negli occhi di Viola. "Sono radicali?"

"Sono Filantropi Spenceani. Abbiamo discusso dei processi che verranno celebrati contro gli uomini arrestati per i disordini di Spa Fields. Un mio amico è l'avvocato difensore di uno di loro."

Viola spalancò gli occhi e schiuse le labbra. "Oh." Inclinò la testa di lato. "Avete chiesto loro dell'attentato? Forse loro sanno cos'è accaduto davvero."

"No, non l'ho fatto." Jack riusciva quasi a sentire la rabbia della giovane.

"In quanto reporter, è mio dovere seguire una pista ovunque essa mi porti. Voi mi avete tenuto nascoste informazioni rilevanti."

Anche Jack aveva di che essere furioso: Viola non capiva quanto fosse pericolosa la situazione.

"Stavo cercando di proteggervi. Stiamo parlando di un'organizzazione radicale, Viola. Alcuni di loro sono in prigione in attesa di processo per *tradimento*."

Viola strinse gli occhi. "Voi non siete responsabile della mia protezione. Non siete mio fratello o mio marito." Il suo tono di voce era un devastante miscuglio di furia accalorata e derisione gelida.

Rimasero a fissarsi a vicenda per un istante. Jack le restituì la lettera. "Domani, andremo alla Corona e l'Ancora invece che al caffè."

Viola si rilassò visibilmente: la sua mascella si allentò e le sue spalle si distesero. "È meglio andare la sera?"

Jack scosse la testa. Sarebbe stato infinitamente più pericoloso. "Andremo all'ora che avevamo previsto per l'incontro al caffè. Mi occuperò io di organizzare tutto. E verrò a prendervi con una vettura al confine di Berkeley Square."

Viola annuì; poi, finalmente, si staccò dalla porta. Questo li avvicinò più di quanto fossero mai stati vicini da quando erano entrati nel ripostiglio.

L'idea che lei avesse voluto restare da sola con lui per baciarlo sembra ora terribilmente ridicola. L'altra sera, nella carrozza, si era trattato di un evento casuale e unico. Jack doveva smetterla di sperare che accadesse di nuovo.

Allungò una mano verso la porta e Viola si spostò di lato. "A domani."

Lei annuì, ma non rispose. Jack se ne andò, sperando che 'domani' non sarebbe stato un errore.

CAPITOLO 10

*L*a Corona e l'Ancora era una grossa taverna nei pressi dello Strand, in Arundel Street. Come il Duca Malandrino, anche quello era un ritrovo per persone di ogni genere. Ma a differenza del Duca Malandrino, la Corona e l'Ancora aveva spazio sufficiente per grossi incontri formali. Jack condusse Viola nella sala principale.

Lei inclinò la testa all'indietro e guardò il soffitto a cassettoni, con le decorazioni in legno e i due lampadari che ornavano la stanza. "È vero che Charles James Fox ha festeggiato qui il suo compleanno, una volta?" chiese.

Jack annuì. "Sì, con oltre duemila invitati, a quanto pare. Una ventina di anni fa, questo era il luogo di incontro principale della London Corresponding Society."

"Non era anche quello un gruppo radicale?"

"Esatto. Le loro attività hanno determinato l'approvazione delle leggi contro la sedizione, che di recente sono state purtroppo riesumate."

Viola continuò a osservare la stanza. "Riuscite a immaginare come sarebbe il Duca Malandrino se avesse interni simili?"

"No, ma d'altro canto trovo che il Duca Malandrino sia molto accogliente."

"Anch'io, il che è strano, considerato che sono donna e che la maggior parte dei clienti sono uomini." Viola aggiunse: "Ci *sono* delle donne al Duca Malandrino, soprattutto tra il personale, ma oserei dire che lo sapete benissimo."

Il tono di voce della giovane aveva qualcosa di strano, che attirò l'attenzione di Jack. "Perché dite così?"

"Mary civetta con voi."

Jack la condusse più in là, guardandosi attorno in cerca degli Spenceani. "La cameriera? È abbastanza amichevole."

"Vi si butta praticamente addosso. Come fate a non accorgervene?"

"Sì che me ne sono accorto. Ho solo deciso di non dare corda a lei e alle sue mire. Meglio ignorarle e basta."

Viola lo fissò e scosse leggermente la testa. "Gli uomini sono davvero bizzarri. Verrebbe da pensare che, dopo essermi travestita da uno di loro per due anni, io debba comprenderli meglio."

Era forse gelosa? "Mary non mi interessa e non mi ha mai interessato." Jack sperò che Viola capisse cosa lui intendeva: che non aveva mai toccato – o baciato – Mary. "Ho poco tempo per intrallazzi romantici. Anzi, non ne ho proprio."

"Capisco." Quel tono bizzarro era svanito e, se Jack avesse dovuto descrivere l'espressione di Viola, l'avrebbe definita soddisfatta. Soffocò una risatina. "E così, questi Spenceani se ne stanno beatamente allo scoperto?" chiese a bassa voce la giovane.

"Sono in pochi e non esistono leggi che vietino a un numero di persone tanto ridotto di ritrovarsi."

"La legge vieta gli assembramenti superiori alle cinquanta persone," disse la giovane. "Giusto?"

Jack annuì mentre riconosceva Henry Dean e conduceva Viola a un tavolo dalla parte opposta della stanza, sotto un ampio quadro che raffigurava delle barche sul Tamigi. "Buon pomeriggio, Dean. Lasciate che vi presenti il mio amico Tavistock."

Dean si alzò e tese la mano a Viola. Lei la afferrò con fermezza, mostrando una stretta forte e mascolina. Forse non pensava come un uomo, ma aveva lavorato duramente per padroneggiarne l'aspetto esteriore.

"Lieto di conoscervi, Tavistock. Entrambi avete bisogno di birra." Dean, un uomo massiccio sulla quarantina a cui mancava un mignolo, mosse la mano.

Jack e Viola si erano a malapena seduti quando la birra arrivò in due boccali. "Grazie per aver accettato di incontrarci," disse Viola.

Dean annuì mentre sorseggiava la birra. Dopo aver posato il bicchiere, spostò lo sguardo tra Jack e Viola. "Come posso aiutarvi?"

Jack gli aveva inviato un messaggio in cui chiedeva un incontro e diceva solo che avevano bisogno di aiuto per una questione. "È una faccenda delicata."

"Immagino che abbia a che vedere con gli Spenceani." La voce profonda dell'uomo riecheggiò attorno al tavolo, anche se egli aveva abbassato il volume. "Tutto ciò che li riguarda è delicato."

Jack scambiò un'occhiata con Viola, quindi partì alla carica. "È giunto alla nostra attenzione il fatto che un membro di quel gruppo potrebbe aver agito per scaldare gli animi dopo Spa Fields."

"Nessuno ha dovuto agire," disse Dean. "Eravamo tutti caldi, dopo quello che è successo."

"Al punto da cercare di assassinare il Principe?" chiese Jack.

Gli occhi color dell'ambra di Dean si spalancarono per un istante. "Attento a quello che dite, Barrett."

"Non sto accusando nessuno. Sapete come la penso riguardo alla vostra organizzazione." Jack sosteneva le loro idee, anche se non il vetriolo dei suoi membri. Detestava che venissero messi a tacere. "Qualcuno sta cercando di collegare *me* all'attentato. Qualcuno sta diffondendo l'idea che io fossi qui a un incontro la sera prima."

"Per tutti i diavoli," mormorò Dean. "Voi eravate qui, ma con voi c'eravamo solo io e pochi altri, a parlare di Watson e degli altri."

Jack voltò brevemente la testa verso Viola. "Watson è uno di coloro che sono stati arrestati durante i disordini di Spa Fields."

Vola annuì in risposta, quindi voltò la testa verso Dean, seduto dalla parte opposta del tavolo. "Vi viene in mente qualcun altro che poteva essere stato qui? Qualcuno che possa aver visto Barrett e che abbia voluto collegarlo all'attentato?"

Dean si accigliò e fissò per un attimo lo sguardo nel boccale. Quando sollevò gli occhi, la loro espressione era pensierosa. "Non mi viene in mente nessuno, ma questo posto è grande. Nessuno di coloro che conosco vorrebbe mai creare problemi a Barrett." L'uomo accennò col capo a Jack. "Da quando vi conosco, avete sempre predicato la protesta non violenta e il dialogo."

Sebbene ciò fosse buono a sapersi, non era d'aiuto a trovare delle risposte. "Sono lieto di sapere che la pensate così, ma potete capire perché stia cercando di trovare la verità."

Dean si accarezzò il mento. "Se si è trattato di

uno Spenceano – e io non lo credo – ha agito da solo. Noi non abbiamo organizzato nulla."

"Lo immaginavo," disse Jack. "Per caso qualche nuovo membro si è unito lo scorso anno? Qualcuno si è comportato in maniera tale da suggerire che potesse commettere un atto violento?"

Dean scosse la testa. "Mi dispiace, ma non posso aiutarvi. Siamo piuttosto frammentati, da Spa Fields. I nostri leader sono in prigione."

Quattro di loro erano in attesa di processo. "Capisco." Jack prese la birra e bevve un lungo sorso per alleviare la frustrazione.

"Quando si terrà il vostro prossimo incontro?" chiese Viola.

Jack posò il boccale mentre il terrore si faceva largo in lui. Viola voleva partecipare a un incontro. Aveva idea di quanto fosse pericoloso, ora? Lui non poteva lasciarla andare e questo l'avrebbe fatta infuriare.

"Non ne facciamo più," rispose lentamente Dean, il sospetto negli occhi mentre guardava Viola.

"Tavistock non informerà nessuno dei vostri incontri... che voi ne facciate o meno. Se ce n'è uno in programma, potrebbe essere utile la mia partecipazione."

Dean lo guardò stupito. "Correreste il rischio? Dovete stare attento in questo momento, Barrett."

"Come tutti," disse cupamente Jack. "Ma devo anche ripulire il mio nome prima che qualcuno cerchi di farmi arrestare."

Dean serrò le labbra in una linea cupa. "Il quattordici, al Toro e la Volpe."

"Lo conosco bene." La piccola taverna si trovava vicino a Lincoln's Inn Fields. Jack aveva trascorso molto tempo laggiù, quando studiava legge. "A tarda sera?"

Dean annuì prima di bere un altro sorso di birra. "È sempre possibile che salti; non vogliamo mettere in pericolo nessuno."

"Capito." Jack guardò Viola per comunicarle silenziosamente che era ora di andare.

"Voi ci sarete?" chiese Dean a Viola.

"Ehm, no. Ho un altro impegno per quella sera. Chiedo scusa."

Jack sollevò più in alto il boccale per celare lo stupore, poi tranguiò dell'altra birra. Era più che stupito; era colpito.

"Meglio così," disse Dean. "In molti conoscono Jack e non si cureranno della sua presenza, ma voi siete uno sconosciuto. Alcuni di loro si innervosirebbero."

"Non sia mai," disse Viola.

Dean le rivolse un cenno del capo. "Siete un buon amico ad aiutare Barrett nelle sue indagini."

Era il motivo che Jack aveva fornito per giustificare la presenza di un gentiluomo sconosciuto all'incontro odierno. "In questo momento, ho bisogno di tutti gli amici che posso avere," disse, alzandosi.

Viola si alzò e Dean fece lo stesso. L'uomo allungò una mano sopra al tavolo per stringere quella di Jack. "Ne avete uno anche qui."

"Lo apprezzo, Dean." Jack strinse la mano, quindi la lasciò andare.

Un attimo dopo, Jack e Viola uscirono sullo Strand. Gli ci volle solo un momento per fermare una vettura pubblica. Guardò la giovane. "Vi dispiace se scendo a Charing Cross? Devo tornare a Westminster." Era strano lasciarla proseguire da sola fino a Berkeley Square, ma Jack si disse che, ormai, era da tempo che Viola girava nelle vesti di Tavistock.

"Per nulla. Sono capacissima di tornare a casa da sola."

"Non ne ero sicuro; dopotutto, è pieno giorno. Di solito non uscite a quest'ora." Jack ammiccò per farle capire che stava scherzando. Diede l'indirizzo al vetturino e salì sulla vettura dopo Viola.

Era un veicolo più grande di quello che avevano preso l'ultima volta e Jack poté sedersi di fronte alla giovane, il che era forse meglio. Più distanza li separava e meno lui ne sarebbe stato attratto. O così raccontava a se stesso.

Osservò Viola dalla parte opposta della carrozza. "Avete davvero un impegno il quattordici?"

"No."

"Mi stupisce che non vogliate partecipare all'incontro."

Un sorriso sfiorò le labbra della giovane e, in quel momento, fu davvero difficile vedere Tavistock e non Viola. "Sì che voglio partecipare, ma sono entusiasta, non stupida. Onestamente, non so nemmeno se voglio che ci andiate voi."

Una traccia di gioia percorse rapidamente Jack. Lei teneva a lui. E lui teneva a lei. La loro collaborazione si era trasformata in qualcosa di inaspettato.

"Devo andare," disse Jack. "Devo scoprire chi sta cercando di dare l'impressione che io c'entri qualcosa con l'attentato."

Viola lo guardò con attenzione. "Chi sono i vostri nemici?"

"Non direi che ho dei 'nemici'. Ci sono molti deputati di cui non condivido le idee, ma esistono la cortesia professionale e la fiducia. O almeno così pensavo." Jack non si curò di celare il disgusto. Non riusciva a immaginare chi fosse disposto a spingersi a tanto. "A quanto pare, sono un po' ingenuo," disse.

"Non credo. Quanto sta succedendo oltrepassa ogni limite." Nemmeno Viola si curò di nascondere il disprezzo.

Tacquero per un istante, quindi la giovane donna disse: "Mi dispiace di aver dubitato di voi. Capisco perché non mi abbiate detto dell'incontro con gli Spenceani e perché non mi abbiate portata a conoscerli. So che è un momento pericoloso, ma forse non me n'ero resa conto quanto avrei dovuto. Ora l'ho fatto."

Lui le sorrise dalla parte opposta della vettura. "Ottimo. Non è mai stata mia intenzione tenervi all'oscuro."

La vettura cominciò a rallentare e si fermò a bordo strada. Jack guardò fuori e vide che erano quasi arrivati a Charing Cross.

"Immagino che non ci sentiremo fino al quattordici?" chiese Viola mentre la vettura si fermava.

"Probabilmente no." Jack sperò di non lasciar trasparire la delusione che provava.

"State attento, per favore. Non vorrei mai vedervi in prigione."

"Nemmeno io." Jack rise, quindi scese dalla vettura.

Rimase sul marciapiedi e guardò il veicolo reintrodursi nel traffico mentre lui contava mentalmente i giorni che sarebbero trascorsi prima di rivederla: quattro, no, *cinque*.

Per la miseria.

Per la prima volta in vita sua, Jack era totalmente rapito, e non aveva la minima idea di cosa fare al riguardo.

*V*iola sperava che la nonna apprezzasse che lei aveva ballato. Con un visconte.

Si strinse al braccio di lord Orford mentre lasciavano la pista da ballo. "Grazie per il ballo, milord," disse cordialmente.

"È stato un piacere. Mi dispiace solo di non aver potuto partecipare al ballo dei Goodrick, la settimana scorsa, come avrei voluto. Mi duole non aver mantenuto la promessa di ballare con voi." Non era stata una *promessa*, ma d'altro canto era carino da parte dell'uomo ricordarsene. "Potremmo passeggiare per qualche istante in più?"

"Certo." Viola era ansiosa di proseguire la conversazione rimasta in sospeso nel parco e non era sicura che ciò sarebbe stato possibile. La quadriglia che avevano appena ballato non aveva consentito di conversare molto e, di sicuro, non di argomenti gravi come il tentato assassinio del Principe Reggente.

Viola si tuffò a capofitto sull'argomento, per non perdere l'occasione. "Spero che non mi riterrete impertinente, ma vorrei chiedervi della discussione che abbiamo avuto la settimana scorsa nel parco. Sembrerebbe che voi sappiate qualcosa riguardo a… quell'aggressione." Viola scelse le parole con cura e tenne la voce bassa mentre percorrevano il perimetro della sala da ballo, passando accanto a innumerevoli persone. Notò diversi volti familiari, ma non quello di Jack Barrett.

E fu così che si rese conto di averlo cercato.

"Lady Viola, a me è parso che foste *voi* a sapere di quel… incidente," disse Orford in tono pacato.

"No."

"Ahimè, neanch'io." Il visconte si fermò e la guardò. "È un argomento molto pericoloso e voi lo

avete sollevato già due volte, cosa che trovo leggermente bizzarra."

Peste. Forse Viola non era poi granché come
giornalista. "Ho solo sentito un pettegolezzo."
Parlò con voce frivola e guardò nella sala da ballo.

I due continuarono a passeggiare. "Dovreste sapere che non è il caso di prestare orecchio ai pettegolezzi." La voce dell'uomo era sussiegosa e
paterna.

Viola gli sbatté le ciglia ostentando innocenza.
"Persino voi potete capire che i pettegolezzi su un
argomento del genere sono interessanti. Oppure
non vi importa della salute del nostro principe?"

L'uomo tentennò per un istante. "Certo che mi
importa. Il fatto che voi insinuiate il contrario è,
francamente, offensivo."

"Io non ho insinuato nulla, lord Orford," disse
dolcemente lei. "Vi ho posto una domanda e sono
felice di sapere che ammirate il Principe quanto lo
ammiro io." Parlare di ammirazione era forse leggermente eccessivo – Prinny era un edonista e un
cattivo marito – ma, in quel caso, sembrava la cosa
migliore da dire.

Lord Orford aprì bocca per parlare, poi la ri-
chiuse di scatto. Viola aveva il sospetto che egli volesse chiederle cosa lei avesse udito, ma farlo
avrebbe incoraggiato il pettegolezzo, pratica che
l'uomo aveva appena denigrato. La sua stessa pom-
posità lo aveva messo in trappola e Viola dovette
trattenere un sorriso.

Per fortuna erano arrivati da sua nonna, che sedeva su una sedia appoggiata alla parete. L'amica
della nonna, la contessa vedova di Dunwich, non
occupava più il posto accanto a lei.

La nonna sollevò lo sguardo su Viola e su lord
Orford. "Eravate davvero una bella coppia mentre
ballavate. Vi siete divertiti?"

Viola tolse la mano dal braccio del visconte. "Sì, grazie."

Lord Orford si inchinò alla vedova prima e a Viola poi. "Buona serata."

Appollaiandosi sulla sedia vuota accanto alla nonna, Viola diede mentalmente il benservito al visconte.

"Sarebbe un buon partito," disse la nonna.

"Lo hai già detto. Ma io lo trovo arrogante."

"Tutti gli uomini sono arroganti," liquidò la questione la nonna. "Prima lo accetterai, prima potrai scegliere qualcuno. Avevi detto la stessa cosa di Ledbury."

Forse la nonna aveva ragione, anche se Viola avrebbe potuto ribattere dicendo che esistevano diversi gradi di arroganza. Avrebbe piazzato Ledbury al di sotto di Orford, ma molto al di sopra di suo fratello e di Jack. Anche gli altri due erano arroganti, ma non in maniera tale da darle fastidio. Come funzionava, esattamente? Il tipo di arroganza dei due consisteva più che altro in sicurezza e consapevolezza delle proprie capacità. Forse Viola avrebbe dovuto scrivere un articolo sull'arroganza maschile...

"Viola!"

Viola fu strappata alla sua fantasticheria e guardò sbalordita sua nonna. "Cosa c'è?"

"Ho detto che l'uomo per te esiste. Semplicemente, non l'hai ancora individuato."

Lei non ne era sicura. Aveva conosciuto una parata infinita di uomini negli ultimi sette anni. Forse era condannata a rimanere sola?

Condannata? Da quando l'idea di restare sola la turbava?

"E se io non... individuassi nessuno?" chiese a bassa voce, senza incrociare lo sguardo della nonna.

"Sciocchezze. Mildred è tornata."

Viola sollevò lo sguardo e vide lady Dunwich. Si alzò e cedette il posto alla donna, che aveva qualche anno in più della nonna e camminava con l'ausilio di un bastone.

"Ti sei divertita, cara?" chiese solare lady Dunwich. L'amicizia tra lei e la nonna aveva sempre lasciato perplessa Viola. Dove la nonna era austera e a volte spaventosa, lady Dunwich era solare e amichevole. E tuttavia, le due donne erano grandissime amiche. "Lord Orford è molto attraente," aggiunse l'anziana, lanciandole un'occhiata ammiccante.

"Sì, ci siamo divertiti." Viola si rifiutava di riconoscere la bellezza del visconte. Sebbene questi avesse un aspetto gradevole, impallidiva accanto a Jack, il cui intelletto sfavillante e il cui fascino vivace lo rendevano assolutamente irresistibile. Assieme a quell'arroganza, o sicurezza che dir si volesse. Viola si scoprì a cercarlo nuovamente con lo sguardo. Invece di trovare l'uomo, vide Isabelle e decise che preferiva parlare con lei piuttosto che rimanere e discutere di lord Orford.

"Volete scusarmi? Vado a parlare con Isabelle." Viola fece una riverenza a lady Dunwich e rivolse un cenno del capo alla nonna, per poi allontanarsi con alacrità.

Isabelle la salutò calorosamente. "Che eleganza," disse, guardando l'abito verde scuro di Viola, impreziosito da ricami dorati.

"Grazie. Mi è valso due balli, questa sera; un record da prima di Ledbury."

"È motivo di festeggiamenti. Beviamo dello champagne?" Isabelle si accigliò. "È motivo di festeggiamenti? Non mi sembri molto entusiasta. Anzi, nel venire qui sembravi leggermente in preda al panico."

Panico? "La nonna insisteva a proporre Ordford come possibile partito, ma io lo trovo sussiegoso."

"Allora cancellalo dall'elenco."

Viola rivolse a Isabelle un'occhiata sardonica. "Non c'è nessun elenco."

"Vorresti che ce ne fosse uno?"

La parola 'no' le bruciava la lingua, ma Viola non riuscì a costringersi a pronunciarla. Il panico che Isabelle aveva notato prese di nuovo il controllo, lasciandola del tutto paralizzata. Forse Viola voleva davvero un elenco. Anche di una sola voce. Perché bastava una voce sola. Un uomo di cui innamorarsi e che si innamorasse di lei. Ma l'idea che due persone potessero incontrarsi e che in quel momento accadesse una magia le pareva del tutto impossibile. Peccato che bastasse guardare una sola volta Isabelle – e Val – per capire che ciò non era vero.

Forse era un problema solo suo.

Non solo lei era una paria, ma amava studiare mappe e scrivere fino ad annerirsi le dita con l'inchiostro. Odiava ballare – di solito – e amava parlare di politica. E se nessun uomo l'avesse mai trovata abbastanza attraente, non solo dal punto di vista fisico, da volerla sposare? Viola si era forse, inconsciamente, resa indesiderabile per evitare il matrimonio? La vera domanda era: perché mai lei avrebbe voluto *smettere* di evitare il matrimonio? Cosa stava succedendo?

Sentendosi come se il suo mondo si stesse inclinando, Viola cercò una via di fuga. "Scusami. Devo andare al gabinetto," mormorò.

Si voltò e uscì in un lampo dalla sala da ballo. Il gabinetto era al piano di sopra, o almeno così credeva, ma prima di raggiungere le scale, vide l'uomo che aveva cercato per tutta la sera. L'unico uomo dal quale era quantomeno attratta fisicamente. O dal quale era stata attratta un tempo. Forse.

Viola corse in avanti e gli afferrò la mano. Senza dire una parola, si guardò attorno in cerca di un rifugio. Accanto alle scale stava una porta stretta che, a occhio, dava su uno sgabuzzino.

Viola aprì la porta ed esalò un sospiro di sollievo: sì, era davvero uno sgabuzzino. Quindi trascinò l'uomo all'interno e chiuse entrambi nell'oscurità.

"Viola?" chiese Jack. Sembrava molto confuso.

"Io sono impossibile da amare?" disse di getto lei.

"Siete–" L'uomo inalò udibilmente. "Non sono la persona migliore a cui chiederlo. Perché non sono mai stato innamorato," aggiunse rapidamente.

"Nemmeno io." Viola teneva ancora Jack per mano; era per questo che sapeva dove egli fosse rispetto a lei. Lo sgabuzzino era più piccolo di quello in cui erano entrati al Duca Malandrino, e odorava di lenzuola e di sapone piuttosto che di malto e orzo.

"Forse siamo entrambi impossibili da amare," disse lei.

"Non penso–"

Nemmeno lei voleva pensare, per cui, invece di lasciarlo finire, gli tirò la mano. "Zitto e baciatemi."

Il petto dell'uomo urtò delicatamente il suo mentre la mano di lui le serpeggiava attorno alla vita per stringerla contro di lui. La bocca di Jack trovò la guancia di Viola e lei non avrebbe mai saputo se ciò fosse stato intenzionale o meno… e mai gliene sarebbe importato. L'uomo la baciò ripetutamente, percorrendo la sua pelle fino a trovare le labbra, e poi tra di loro esplose il calore.

Viola gli afferrò le spalle e si tenne stretta mentre lui la avvolgeva tra le braccia. Le loro lingue si incontrarono con un trasporto selvaggio e lei gli afferrò il collo, infilando le dita sotto il colletto e il fazzoletto per avvertire il calore della pelle dell'uomo.

Jack angolò la testa e approfondì il bacio, esplorando Viola mentre lei faceva lo stesso. Viola voleva di più di tutto quello, di più di lui. Lo voleva *tutto*.

La mano dell'uomo premette contro il fondo della sua schiena, unendo i loro inguini. Nonostante gli strati di sottogonna e abito, Viola avvertì vagamente l'erezione d'acciaio di Jack e il desiderio le esplose in mezzo alle gambe.

L'uomo si staccò con un gemito sommesso, ma non la abbandonò. Le sue labbra le percorsero la mascella e le scesero lungo il collo. "Dovremmo fermarci," mormorò contro di lei, mentre la sua lingua le percorreva la clavicola.

Sì, avrebbero dovuto, ma lei non poteva. Non ancora.

Viola gemette e afferrò la testa di Jack, rimpiangendo che non potessero strapparsi i vestiti. *Sì*. Bramava spogliarlo nudo e vedere i piani duri del suo petto e la curva deliziosa del suo posteriore.

Buon Dio, era una donnaccia. E non gliene importava nulla.

L'uomo inalò contro la sua pelle. "Avete un profumo buonissimo." La sua bocca si chiuse sulla pelle di Viola, appena sopra la scollatura dell'abito, e non appena lei gemette, lui staccò le labbra.

"Dovremmo fermarci," ripeté Jack prima di impadronirsi nuovamente della sua bocca.

Il bacio fu caldo e frenetico, lingue umide che duellavano mentre le mani cercavano nuovi luoghi da esplorare. L'uomo le prese in mano la parte inferiore del seno mentre lei lo afferrava per il fianco e trovava il coraggio di afferrargli il sedere.

Finalmente, si staccarono, ansimando. "Dovremmo fermarci." Questa volta, Jack suonava convinto.

Viola non poteva contraddirlo. Dopotutto, non poteva certo perdere la verginità nello sgabuzzino di... dov'era che erano?... di qualunque casa fosse quella. "Dovremmo." La parola non convinse il suo corpo, tuttavia. Il suo sesso pulsava dal desiderio mentre i suoi seni formicolavano, e le sue dita prudevano per la voglia di toccare Jack.

"Stavo andando al gabinetto," disse fiaccamente lei.

"Io sono appena arrivato. Speravo di vedervi."

"E così è stato." Viola cercò di ridere, ma sembrava una finzione.

"Solo per un istante. Non vedo nulla qui dentro, il che è davvero un peccato, visto che avete l'aspetto di Viola e non quello di Tavistock." L'uomo sembrava deluso.

"Oh." Per un attimo, Viola rimase senza parole. "Mi preferite come Viola?"

"Vi preferisco con dei seni e credo proprio di averli toccati." La voce di Jack era ora bassa e tesa. "La conversazione ha preso una brutta piega. Dovreste andare."

"D'accordo. È stato bello vedervi. O non vedervi, insomma."

"È stato... *spettacolare*," disse l'uomo, arroventando tutte quelle parti di lei che ancora non andavano a fuoco per lui. Ossia nessuna, si rese conto Viola; insomma, Jack aveva solo attizzato il fervore con cui lei lo voleva.

Lo voleva?

Oh, sì.

"Adesso vado." Nonostante la lussuria insoddisfatta che scorreva in lei, il battito del suo cuore era rallentato al punto da darle la sicurezza di poter uscire dallo sgabuzzino senza avere l'aspetto di una che era stata quasi sedotta.

Con somma riluttanza, Viola trovò la maniglia e uscì dallo sgabuzzino. Poi salì di corsa le scale fino al gabinetto e pregò che esso fosse vuoto.

Non lo era, naturalmente, ma la fortuna era dalla sua, perché l'unica persona presente era Isabelle. Che la stava guardando con un misto di attesa e premura. Viola si rese conto di aver lasciato la sala da ballo con lo scopo di recarsi laggiù. Ora Isabelle era lì ed era arrivata prima di lei...

"Sono stata bloccata da... un amico," disse, pensando che quella scusa suonava stupida. Probabilmente perché lo era.

"Un amico uomo dai capelli scuri?" chiese a bassa voce Isabelle. Poi la sua bocca si sollevò in un sorriso, che lei calpestò immediatamente. "Ti ho vista entrare nello sgabuzzino con lui: ti avevo seguita fuori dalla sala da ballo, perché mi sembravi agitata. Ora, invece, sembri... Come non detto."

Viola fu colta da una fitta di allarme. "Ci hai visti?"

Isabelle annuì. "Non credo che qualcun altro lo abbia fatto. Ho controllato il corridoio. Ma avrei potuto essere chiunque."

"Sì." Viola avrebbe dovuto inorridire – e lo aveva fatto – ma non al punto da pentirsi.

"Non temere, non lo dirò a nessuno. Non posso certo rimproverarti... qualunque cosa tu stessi facendo. Ma ti prego di fare attenzione."

Viola rise. "Perché? Per la mia reputazione? Non ha grande importanza. So che la nonna vorrebbe che io mi sposassi, ma resta il fatto che non sono sposabile dal punto di vista della maggior parte degli uomini." La qual cosa le era sempre andata bene. Ma ora, per la prima volta, non ne era tanto sicura.

"Credi davvero che sia così? Lord Orford non ne sembrava convinto. Perché ballerebbe con te, altrimenti?" chiese Isabelle.

"Perché è un idiota?" Viola era molto più a suo agio nel cercare di trovare il lato ironico della situazione. Se non lo avesse fatto, avrebbe dovuto pensarci troppo attentamente, e temeva ciò che avrebbe potuto trovare.

Temeva che avrebbe scoperto che le importava della sua reputazione. Che era davvero impossibile da amare; nemmeno Jack aveva potuto confermare il contrario. E, soprattutto, che voleva trovare marito. Che voleva che qualcuno la amasse.

Forse perché *lei* si stava innamorando di qualcuno.

No. Si rifiutava anche solo di pensarci.

CAPITOLO 11

Il Toro e la Volpe era una piccola taverna in un angolino appena all'esterno di Lincoln's Inn Fields. Era un popolare luogo d'incontro per studenti di legge e giovani avvocati, nonché per l'occasionale radicale. Al piano di sopra c'era una piccola sala riunioni dove la gente discuteva di legge e di politica; era lì che si sarebbe tenuto l'incontro clandestino della società dei Filantropi Spenceani di quella sera.

Se si fosse tenuto.

Jack salì le scale strette e bussò delicatamente alla porta. Henry Dean la aprì di uno spiraglio e, vedendolo, lo invitò a entrare.

C'erano forse una ventina di uomini presenti. Manovali nerboruti e artigiani come Dean. Jack ne riconobbe alcuni, ma non tutti. Dean presentò Jack come John Barr, che erano il suo vero nome e metà del suo cognome, e Jack strinse un po' di mani. Si ritrovò seduto accanto a un lattoniere di nome John Castle. L'incontro ebbe inizio e i presenti discussero dell'incarcerazione dei loro leader, con Dean che fornì un aggiornamento sulla loro difesa legale.

Jack conosceva gli avvocati che lavoravano sui

quei casi ed era convinto che gli uomini fossero nelle migliori mani possibili. In seguito, si parlò della marcia di Manchester e si lamentò la partenza di William Cobbett, che per i radicali era un eroe.

"Il *Political Register* vive ancora, grazie a Benbow," disse Dean. Il giornale di Cobbett era molto diffuso tra i lavoratori, cosa che infastidiva molti colleghi di Jack in Parlamento.

Finalmente, l'incontro si concluse, e diverse conversazioni si avviarono nella stanza. Jack decise di cominciare da Castle e si voltò verso l'uomo che aveva accanto. "Mi sembra di avervi già visto a un incontro passato."

Castle fece spallucce. "Può darsi. Vengo da un paio d'anni, ormai."

"Eravate a Spa Fields?"

Castle ridacchiò. "Se voi non lo sapete, non verrò certo a dirvelo."

Probabilmente, quella era la risposta migliore… o almeno la più sicura. Ma non lo rese molto ottimista riguardo alla possibilità di scoprire la verità quella sera. "E il giorno dell'apertura dei lavori parlamentari? Eravate là fuori?"

Castle strinse gli occhi. "Vi riferite all'attentato a Prinny? Sarà meglio per voi che non mi accusiate di nulla."

"Non lo sto facendo. Speravo solo che qualcuno avesse visto qualcosa. Sapete se è successo?"

"Se anche lo sapessi, non ve lo direi," disse con fermezza Castle.

La frustrazione di Jack crebbe. "Non voglio mettere nei guai nessuno. Sto solo cercando di… Come non detto." Jack si alzò e si incamminò verso la porta.

Dean gli venne incontro prima che potesse uscire. "Che succede?"

"Venire qui è stato un errore. Non posso aspettarmi che questi uomini si fidino di me e non ho idea di come possano aiutarmi. Qualcuno, là fuori, sta diffondendo voci e menzogne contro di me, e io non so nemmeno da che parte cominciare."

"Chi sono i vostri nemici?"

"Qualcuno mi ha fatto la stessa domanda." Gli venne in mente Viola, e con lei un'esplosione di voglia tanto forte da mozzargli il fiato. "Non credevo di averne – o perlomeno, di non averne disposti a collegarmi con un tentato omicidio – ma, a quanto pare, mi sbagliavo." Forse Jack si stava complicando la vita inutilmente. Forse avrebbe dovuto impiegare le proprie energie quotidiane cercando di determinare chi fosse *davvero* suo nemico, chi avrebbe potuto volergli recare danno in quel modo. "Non sono nemmeno sicuro di quale sia il movente di questa o di queste persone."

"Mi sembra facile: voi siete stato un campione per gente come noi, e questo deve avervi reso impopolare in Parlamento."

"Sì, ma non sono l'unico a farlo."

"Per quanto ne sapete, altri potrebbero essere afflitti dagli stessi problemi."

Era un'ottima osservazione. Jack avrebbe parlato con Burdett e con gli altri il prima possibile, per verificare se avessero incontrato difficoltà simili alle sue.

"Grazie, Dean." Jack diede una pacca sulla spalla dell'altro uomo, dicendosi che, dopotutto, recarsi lì non era stato un errore o una perdita di tempo.

Lasciò la taverna e prese una vettura pubblica per tornare a casa.

Trovarsi nella vettura gli ricordò Viola. A quanto pareva, anche ciò che dicevano gli altri gli ricordava Viola. Esisteva qualcosa che non lo facesse pensare a lei?

Appoggiò la testa al cuscino e chiuse gli occhi, permettendo alla sua mente di vagare come voleva. Da Viola. Nello specifico, fino al momento in cui l'aveva baciata nello sgabuzzino, l'altra sera al ballo.

Averla – come Viola, non come Tavistock – tra le sue braccia era stato un dono incredibile. Quasi non avrebbe voluto lasciarla più andare. Cosa gli stava succedendo?

Aprì gli occhi e si sfregò il viso con una mano. Era così che ci si sentiva quando ci si innamorava? Suo padre lo sapeva di certo.

Jack pensò a ciò che gli aveva detto il genitore sulla sua convinzione nel non volersi sposare. E tuttavia, Jack era dedito alla sua carriera. Quando gli Whigh avrebbero riconquistato il potere, sperava di ricevere un incarico governativo. Questo significava dedicare la sua vita e le sue energie al Parlamento, non a una moglie e a una famiglia.

Il tormento di suo padre, di cui Jack non aveva saputo nulla, era ben presente nella sua mente. Il rimpianto era un'emozione terribile.

Di cosa stava cercando di convincersi, esattamente?

Di nulla. Non poteva innamorarsi di Viola. Sarebbe stato folle, per numerose ragioni. Anche se avesse voluto sposarsi ora, lei non aveva alcun desiderio di farlo, e ciò non sarebbe cambiato nel giro di cinque anni, nel caso Jack si fosse attenuto al suo calendario matrimoniale.

Ma non si poteva negare che fossero attratti l'uno dall'altra. Forse avrebbero potuto avere una relazione clandestina...

Jack si raddrizzò e si sfregò la fronte, come se un massaggio potesse levargli l'idiozia dal cervello. Stava davvero valutando un intrallazzo con la sorella di un duca? Gli scandali potevano anche essere il pane quotidiano dei duchi reali, ma Jack era un semplice deputato con aspirazioni governative. Non che tutto ciò avesse alcuna importanza: lui non poteva assolutamente macchiare la reputazione di Viola. Certo, lei era una donna indipendente e autrice del proprio destino, ma lui aveva già oltrepassato limiti che non avrebbe dovuto oltrepassare.

Se fosse stato un vero gentiluomo, avrebbe troncato ogni rapporto con lei. L'indagine non stava andando da nessuna parte e avrebbe potuto concludersi in un disastro se loro non fossero stati attenti.

Viola se la sarebbe presa. Era decisa a scrivere quell'articolo sull'attentato al Principe. Cos'altro avrebbe potuto scrivere? Forse Jack avrebbe potuto fornirle qualche informazione utile, argomenti di discussione alla Camera dei Comuni da lei distillabili in una rubrica mensile. Glielo avrebbe chiesto. Insieme, potevano trovare qualcosa in grado di ispirarla ed entusiasmarla.

Ma in tal caso sarebbero tornati a lavorare in squadra e questo contraddiceva il suo dovere.

Diamine. Aveva combinato un guaio e temeva che districarsi da esso non avrebbe fatto che peggiorare le cose.

～

*E*ra uno splendido pomeriggio per fare una cavalcata o una passeggiata a Hyde Park. Era il genere di giornata e il periodo della Stagione che spingeva più gente a uscire, creando un effetto simile a uno sciame di api. Veicoli e cavalli si contendevano il passaggio e i pedoni riuscivano a malapena a muoversi, perché incappavano costantemente in persone che conoscevano e si fermavano a conversare.

Nel mezzo di tutto ciò, Viola stava cercando di trovare Jack. Per il momento, sedeva nella brum di sua nonna mentre essa si muoveva – lentamente – lungo il Ring. Il messaggio dell'uomo diceva di incontrarlo lì subito dopo le cinque, ma ora lei avrebbe voluto che si fossero trovati prima, perché la calca era spaventosa.

Un quarto d'ora dopo, Viola non lo aveva ancora visto. Tornò a sedersi contro il sedile, sentendosi sconfitta. E se non lo avesse mai trovato? Moriva dalla voglia di sapere cosa fosse accaduto all'incontro degli Spenceani.

Finalmente, intravide una sagoma familiare camminare lungo il viale pedonale. Allungò una mano verso la portiera. "Nonna, io scendo a fare due passi."

Il lacchè scese d'un balzo e aprì la portiera prima che potesse farlo Viola.

"Dirò a Turner di parcheggiare all'ombra," disse la nonna. "La giornata è un po' troppo calda per me."

"Verrò a cercarti." Viola scese con l'aiuto del lacchè e raggiunse il viale. Una farfalla le svolazzò accanto alla testa e lei trovò un'analogia tra lo sbattere delle ali della creatura e l'entusiasmo che aveva nello stomaco.

Entusiasmo alla prospettiva di vedere Jack.

L'uomo si inchinò quando si incontrarono e le offrì il braccio, in modo da poter fare una rispettabile passeggiata. Nella sua mente, Viola lo stava rapendo per portarlo in una radura nascosta dove avrebbero potuto proseguire quello che avevano fatto in quello sgabuzzino al ballo...

"Sono lieta di vedere che siete sano e salvo dopo l'incontro di ieri sera," disse lei.

"Lo sono, grazie. Ma temo che, nel complesso, sia stato uno sforzo inutile."

Turbata, Viola voltò di scatto la testa verso di lui. "Voi dite?"

Jack annuì cupamente. "Chi, tra quella gente, avrebbe mai confessato a me, un deputato, di essere stato coinvolto a qualunque titolo nell'attentato al Principe? Non appena ho accennato all'argomento, qualcuno si è offeso, e credo che non avesse torto." L'uomo scosse la testa. "Non sono un investigatore e comincio a pensare che dovremmo lasciare le indagini a Bow Street."

"Perché non andiamo in Bow Street?" chiese con entusiasmo lei.

"Per dire cosa?"

Viola rallentò. "Potremmo mostrare loro quella lettera su di voi che ho ricevuto."

Jack si fermò completamente. "L'avete ancora?"

"È chiusa a chiave in un posto sicuro; ho ritenuto fosse importante conservarla, in quanto prova."

"Immagino sia un modo di vedere le cose." Il tono dell'uomo era sarcastico. "Ma essa è anche incriminante, non credete?"

"Il che è la ragione per cui è ben nascosta." Viola abbassò la voce ancora di più. "Sebbene mi piacerebbe scrivere un articolo su qualunque cosa sia accaduta, credo che al momento il nostro obiettivo principale debba essere proteggere la vostra reputazione."

Jack incrociò il suo sguardo; il noce scuro dei suoi occhi si accalorò. "Viola, è–"

Viola non avrebbe mai saputo cosa fosse, perché proprio in quel momento furono interrotti dall'arrivo del signor Caldwell e di sir Humphrey.

"Barrett, ho ricevuto notizie preoccupanti," disse Caldwell, la bocca che formava un'espressione a metà tra un cipiglio e una smorfia. Alle sue spalle, sir Humphrey pareva egualmente turbato.

"Ah sì?" Jack parlò con noncuranza, ma Viola lo sentì irrigidirsi.

"È giunto alla nostra attenzione che siete stato visto a un incontro dei Filantropi Spenceani, ieri sera." Caldwell parlò a voce talmente alta che le persone che camminavano nelle vicinanze si fermarono e si voltarono a fissare la scena.

"Inoltre, parrebbe che voi abbiate avuto qualcosa a che fare coi disordini di Spa Fields e, forse, persino con l'orrido attentato al Principe Reggente."

Rabbia e paura spinsero Viola a esclamare: "È assurdo." Guardò Jack, che pareva essersi reso a malapena conto delle accuse che gli erano state rivolte, salvo per il contrarsi della bocca e della mascella.

"Badate bene a ciò che dite," disse l'uomo a bassa voce, in tono quasi minaccioso. La nota della sua voce provocò un formicolio lungo il collo di Viola.

Caldwell si irrigidì, lo sguardo colmo di superiorità e di strafottenza. "Siete stato visto al Toro e la Volpe ieri sera. Potete dimostrare il contrario?"

Jack non poteva farlo. Perché era *davvero* stato lì. Oh, che disastro.

"Io posso," disse Viola senza riflettere. Ignorò la stretta improvvisa della mano di Jack sul suo braccio.

Sir Humphrey sbuffò. "E come potreste?"

Viola lo fulminò con lo sguardo; poi, già che c'era, fulminò anche Caldwell. "Perché lui era con me."

"*Viola.*" Il mormorio carico di urgenza la raggiunse fluttuando dalle labbra di Jack.

Voltando la testa, Viola cercò di usare lo sguardo per implorare silenziosamente Jack di darle corda. Se lui l'avesse contraddetta, sarebbe parso ancora più colpevole, perché lei aveva cercato di nascondere che si era trovato *davvero* al Toro e la Volpe.

Caldwell sogghignò. "State dicendo che Barrett non poteva essere all'incontro degli Spenceani perché era con *voi*? E noi dovremmo crederci?"

Viola raddrizzò la schiena e rivolse all'uomo un'occhiata sprezzante di cui sua nonna sarebbe stata certamente orgogliosa. Oddio, la nonna... Viola non poteva pensarci, non ora. "Sì. Mio fratello è il duca di Eastleigh. La mia testimonianza riguardo al luogo in cui si trovava il signor Barrett ieri sera dovrebbe essere una prova più che sufficiente. Inoltre, aggiungerei che fareste meglio ad avere prove della sua *presunta* partecipazione a eventi radicali. Ora, scusateci."

Viola girò sui tacchi e trascinò Jack con sé. Cercando disperatamente la brum della nonna, la vide parcheggiata sotto un albero dalla parte opposta del Ring. "Perdiana," borbottò, allungando il passo. "Dobbiamo raggiungere mia nonna."

"Dove?"

"Dall'altra parte del Ring."

Rimasero sul viale pedonale, sebbene lei fosse tentata di tagliare per l'erba fino all'altro sentiero che li avrebbe portati al punto dove il mezzo della nonna era parcheggiato.

"Cosa diavolo avete combinato?" Jack sembrava... arrabbiato.

"Perché siete in collera con me?" Viola si costrinse a guardare dritto di fronte a sé, per ignorare chiunque li stesse guardando. Era troppo sperare che nessuno avesse udito lo scambio di battute. Ma anche se così fosse stato, era probabile che Caldwell e sir Humphrey stessero raccontando tutto a chiunque fosse disposto ad ascoltare.

Viola aveva appena dichiarato – ad alta voce,

nel pomeriggio più trafficato della Stagione in Hyde Park – di essere stata col deputato Jack Barrett la sera prima. In realtà, era stata a casa mentre la nonna partecipava a una serata di gioco a carte da lady Dunwich.

"Sono arrabbiato perché avete appena dato vita a un enorme scandalo... per entrambi."

"Non è una novità per me," mormorò lei.

"Per me sì."

Viola sussultò. L'aspetto peggiore dell'abbandonare il fidanzato all'altare erano state le conseguenze che non avevano afflitto solo lei, cosa che era stata più che disposta a tollerare. Aveva sempre saputo che la sua reputazione sarebbe stata rovinata e detestato il fatto che quella di Ledbury ne sarebbe uscita macchiata. Il conte era sopravvissuto, naturalmente, e anche lei. Sarebbe sopravvissuta di nuovo. Ma Jack?

Viola allungò ulteriormente il passo mentre imboccavano l'altro sentiero che li avrebbe portati alla brum. La sua mente cercò disperatamente un modo per sistemare le cose per Jack. Non le importava nulla di se stessa. Aveva accettato il suo status di paria molto tempo prima. Ma Jack aveva una promettente carriera politica di fronte a sé. E comunque, questo non era meglio dell'essere visto a un incontro di noti radicali?

"Mi dispiace," disse Viola. "Non ho riflettuto. Stavo solo cercando di proteggervi. Ci inventeremo qualcosa. Magari Val e Isabelle potrebbero dire di essere stati con noi, che abbiamo cenato insieme. E che io non l'ho precisato perché ero agitata. Sì, potrebbe funzionare."

"Dando per scontato che loro non fossero da qualche altra parte, ieri sera, la qual cosa distruggerebbe completamente il vostro alibi immaginario." Jack esalò un sospiro colmo di frustrazione. "Sebbene io apprezzi il vostro desiderio di proteggermi, non avreste dovuto dire nulla. Io non ho fatto nulla di male. Trovarsi in un dato luogo non è un crimine."

"No, ma potrebbe essere incredibilmente deleterio."

"Anche questo." Il tono di voce dell'uomo era cupo; era chiaro che era ancora furioso.

Arrivarono alla brum della nonna e fu subito chiaro che la vedova sapeva già tutto. Un gruppo di persone si allontanò di corsa dal veicolo. Al suo interno, la nonna sedeva con uno sguardo gelido mentre fissava Viola. "Sali."

Il lacchè aiutò Viola a salire a bordo e, quando lei cercò di sedersi accanto a sua nonna, questa indicò il sedile opposto. "Siediti lì. Dove posso guardarti male." Poi posò lo sguardo su Jack. "A quando le nozze?"

Jack le restituì lo sguardo senza vacillare. "Verrò a trovarvi domani per discuterne."

"Verrete a trovarci immediatamente."

"Nonna, noi non ci sposeremo," disse Viola, che detestava l'impassibilità dell'espressione di Jack. L'uomo era palesemente furioso, ma provava anche altre emozioni? Lei non ne aveva idea.

Viola si aspettava che la nonna avrebbe obiettato, ma Jack fu il primo a parlare. "Invece sì," disse con fermezza e senza guardare Viola. Continuò a fissare la vedova, quindi inclinò la testa prima di voltarsi e incamminarsi verso il cancello del parco.

Stava andando in Berkeley Square? Perché non venire con loro? Viola stava per suggerirlo, ma l'espressione furiosa di sua nonna la zittì immediatamente.

"Andiamo," disse l'anziana a Turner.

Mentre uscivano dal parco, Viola riuscì finalmente a dire qualcosa. "Non ero davvero con lui."

"La cosa non ha molta importanza. Hai detto di esserlo stata e ormai tutta Mayfair lo sa."

"Non *tutta* Mayfair, di certo."

"Non fare battute, Viola. Sono furibonda riguardo alla tua decisione di comportarti *di nuovo* in tal modo. Come se pensassi di essere invulnerabile, e che in qualche modo la mia influenza ti proteggerà dal giudizio della società. Non è così. È bastata a malapena la prima volta e di sicuro non basterà ora."

"Non mi aspetto alcuna protezione. Stavo cercando di proteggere *lui*. Il signor Barrett. È stato accusato ingiustamente."

"Per cui tu ti sei inventata di aver trascorso la serata con lui?" La nonna si appoggiò allo schienale. "Spiega."

Viola decise che era giunto il momento di raccontarle la verità... su tutto. Quasi tutto. Avrebbe tenuto per sé certi dettagli che riguardavano lei e Jack. Non solo non voleva condividerli, ma era sicura che la nonna non volesse scoprirli. Già non avrebbe apprezzato molto di ciò che Viola stava per rivelare. "Immagino che dovrei cominciare dal principio."

"È una buona idea," disse in tono infastidito la nonna.

"Circa due anni fa, ho cominciato a travestirmi da un uomo di nome Tavistock."

Per poco gli occhi della nonna non le uscirono dalla testa. "*Tu* sei Tavistock? L'editorialista della *Ladies' Gazette*?"

"Era l'unico modo perché mi consentissero di scrivere per loro. Non assumono donne."

"Per scrivere su una rivista femminile?" La nonna contrasse le labbra. "Imbecilli."

Viola trattenne un sorriso: quello non era il momento per darsi al buonumore. Nel tempo che ci volle per arrivare fino a Berkeley Square, spiegò di Tavistock, dell'indagine sull'attentato al principe Reggente e del lavoro che aveva svolto con Jack, il quale era divenuto bersaglio di pericolosi pettegolezzi e accuse.

"Capisco perché hai voluto proteggerlo, ma ti sei comportata in maniera sciocca," disse la nonna mentre la brum si fermava di fronte a casa sua. "Anzi, non capisco perché tu volessi proteggerlo. Sei innamorata del signor Barrett?"

"Non... no." Viola era stata sul punto di dire che non lo sapeva. Ma aveva il sospetto di saperlo, eccome, e preferiva fingere che così non fosse. Di conseguenza, preferì mentire a sua nonna e a se stessa.

Una volta che furono uscite dalla brum e si furono incamminate verso la casa, Viola proseguì: "Dovevo proteggerlo perché è andato a quell'incontro l'altra sera per me, per aiutarmi col mio articolo. Non posso lasciare che soffra per avermi aiutata. Potrebbe finire in prigione."

"Baggianate. Non andrebbe mai in prigione." La nonna la precedette in casa. All'ingresso, si fermò per togliersi cappello e guanti, che porse a Blenheim. Viola fece lo stesso. "Il signor Barrett verrà presto a trovarci, Blenheim. Accompagnalo in biblioteca."

La nonna andò in biblioteca e Viola la seguì. Una volta che la vedova ebbe preso posto sulla sua poltrona preferita e Viola si fu appollaiata su un divano, l'espressione dell'anziana migliorò di molto. Sembrava quasi... compiaciuta?

"No, il signor Barrett non andrebbe mai in prigione. È un deputato importante, con un futuro brillante di fronte a sé, probabilmente anche un titolo."

Viola cominciava a capire il perché della tra-

sformazione della nonna. Jack era ora la sua persona preferita al mondo, perché stava per fare ciò
che nessuno era mai riuscito a fare: prendere Viola
in moglie. Ma ciò non sarebbe accaduto. Proprio
com'era successo con Ledbury, quel matrimonio
non ci sarebbe mai stato.

CAPITOLO 12

*J*ack si prese il suo tempo per raggiungere Berkeley Square a piedi, non perché avesse il terrore del colloquio con la vedova, ma perché voleva calmare i propri pensieri. Inoltre, non voleva arrivare sudato e in disordine.

Mentre si avvicinava alla casa, trasse un respiro profondo. I suoi pensieri potevano anche non essere del tutto calmi, ma non era più arrabbiato con Viola. Capiva quello che lei aveva cercato di fare. E le era profondamente grato.

Era anche incredibilmente sorpreso.

La giovane era balzata in sua difesa con una velocità incredibile e una completa mancanza di considerazione... tanto per lui quanto per lei. Jack sapeva che ella credeva che non ci fosse nulla di cui preoccuparsi, che aveva già affrontato degli scandali in passato. Ma questo era diverso. Lui non era il conte di Ledbury e Viola non lo avrebbe abbandonato all'altare.

Jack si sarebbe sposato. Con Viola.

Non che non fosse d'accordo; aveva solo bisogno di tempo per abituarsi all'idea. Non era quello il modo in cui avrebbe voluto prendere la decisione più importante della sua vita.

Raggiunse la porta, ma prima che potesse bussare essa si aprì e il maggiordomo lo invitò dentro. "Voi siete il signor Barrett, presumo."

Ma certo che era atteso. "Sì." Jack notò immediatamente le notevoli opere d'arte che impreziosivano quasi ogni centimetro dell'atrio e si rifiutò di lasciarsi intimidire dalla ricchezza e dallo status della vedova.

"Da questa parte." Il maggiordomo lo condusse verso destra, in una maestosa biblioteca con scaffali che correvano lungo tutte le pareti, un grande tavolo posto vicino alla finestra della facciata che dava sulla piazza e un salottino annidato di fronte al caminetto. La vedova sedeva su una poltrona a vela molto vicina al fuoco, mentre Viola era seduta a un'estremità del divano rivolto verso la finestra. Entrambe le donne avevano una postura rigidissima e, mentre l'espressione della vedova era colma di fredda attesa, quella di Viola era serena, ma anche un po'… vacua. Tuttavia, Jack notò che la giovane aveva le mani fermamente strette in grembo.

Jack si inchinò profondamente alla vedova e poi a Viola. "Buonasera."

"Sedetevi," disse la vedova.

Meglio prendere l'altra poltrona vicino al caminetto o sedere accanto a Viola? Il politico in lui gli disse di sedersi più vicino alla vedova, ma Jack fu attirato verso Viola.

Si sedette accanto a lei sul divano. Vicino, ma non troppo.

La vedova lo trafisse con un'occhiata intensa. "Viola mi ha spiegato tutto e, sebbene io capisca che non eravate davvero insieme ieri sera, la cosa non ha importanza. Il danno alle vostre reputazioni è ormai fatto e l'unico modo per mitigarlo, almeno parzialmente, è sposarvi subito."

Jack rimase sorpreso dal fatto che Viola avesse spiegato 'tutto' e avrebbe tanto voluto sapere cosa fosse, quel 'tutto.' Lanciò un'occhiata alla giovane, ma il viso di lei era ancora impassibile. "Sono d'accordo."

"Ottimo. Non mi siete mai sembrato uno stupido."

Voleva dire che la vedova sapeva di lui già da prima? Gli era difficile crederlo. "Grazie." Non sapeva cos'altro dire.

"Potete permettervi di acquistare una licenza speciale?" chiese la vedova.

"Sì."

"Ottimo. Ci vorrebbe troppo tempo per le pubblicazioni. Dovete sposarvi il prima possibile. Propongo di tenere la cerimonia tra una settimana, nella chiesa di St. George."

"Dato che la tua è solo una proposta, possiamo scegliere?" chiese Viola, con più di una traccia di sarcasmo. Era la prima indicazione, per Jack, del suo parere... La giovane non era lieta di come si era evoluta la situazione.

"La data, ma non se sposarvi o meno." La vedova guardò torvamente sua nipote. "Non provare a ripetere che non è necessario che tu ti sposi. La faccenda è sistemata e il signor Barrett è d'accordo con me."

Viola lo guardò, quindi abbassò gli occhi sul proprio grembo. Jack riusciva quasi a sentire la sua mente sferragliare come una macchina.

La vedova riportò la propria attenzione su Jack. "Signor Barrett, gradirei dare una cena per le nostre famiglie. Il venti, diciamo. Manderò un invito formale a vostro padre."

Jack inclinò la testa. Suo padre... Sarebbe rimasto di stucco. "Grazie, Vostra Grazia."

La vedova lo sorprese alzandosi. Jack balzò in piedi. "Ho grandi aspettative, signor Barrett, e sono certa che voi non mi deluderete. Siete un giovane brillante, con un futuro promettente. Ciò eleverà il vostro status e io confido che recherete onore e prestigio alla nostra famiglia." L'anziana guardò poi Viola e il suo sguardo si intenerì leggermente. "Inoltre, mi aspetto che renderete felice mia figlia. Merita questo e altro."

Viola sollevò di scatto la testa. Guardò sua nonna con stupore... e con amore.

La momentanea dolcezza della vedova evaporò e lei tornò l'autocrate regale che era. "Ora vi lascerò da soli per discutere del vostro futuro. Non metteteci troppo." L'anziana rivolse a Jack un'occhiata eloquente, ma lui non sapeva assolutamente cosa stesse cercando di dirgli.

Poi, la vedova uscì dalla biblioteca, chiudendosi la porta alle spalle.

Chiudendo la porta. Cosa diavolo significava quel gesto in quel contesto? Jack non aveva mai davvero capito l'aristocrazia e, ora che stava per imparentarsi con essa, era ancora meno sicuro di prima riguardo a loro.

"Mi dispiace molto, Jack."

Si voltò verso Viola. La giovane aveva voltato solo la testa e ora lo guardava sbattendo le palpebre, gli occhi splendidi e tristi.

Jack allungò una mano verso il grembo di lei e prese la sua. "Perché?"

"Non è mai stata mia intenzione costringervi a sposarmi. Non siamo costretti a farlo, checché ne dica mia nonna. Me ne andrò in campagna, se devo."

"Voi non andrete da nessuna parte. Tranne che

in? casa mia, suppongo." La sua casa da scapolo. Non che fosse piccola, ma non era lì che Jack aveva immaginato di vivere con una moglie e dei figli. *Figli?* Cosa diamine stava succedendo quel giorno!

Jack trasse un respiro profondo per cercare di rallentare il battito improvvisamente accelerato del suo cuore. Esso era in pari col mondo che lo circondava, il quale pareva muoversi a una velocità allarmante. Aveva a malapena fatto pace con l'idea del matrimonio – e, a onor del vero, il processo non si era ancora compiuto – e ora avrebbe dovuto sposarsi nel giro di una settimana?

E tuttavia, guardò Viola e pensò a tutte le cose magnifiche che ciò poteva significare. Tanto per cominciare, non avrebbe dovuto sopportare giornate senza vederla o chiedendosi quando avrebbe potuto rincontrarla.

Inoltre, avrebbe potuto baciarla quando voleva. Diamine, avrebbe potuto fare più che baciarla.

Avrebbero potuto parlare di libri e di politica – di qualunque cosa volessero – a tutte le ore del giorno. Trascorrere del tempo con lei, si rese conto, era ciò che voleva di più.

"Non dobbiamo sposarci per forza," ripeté Viola. "Davvero."

"Non sono d'accordo e non voglio discuterne. Mi rifiuto di permettere che voi cadiate vittima di uno scandalo."

La giovane strinse gli occhi, mostrandogli ulteriormente la donna volitiva che lui aveva imparato a conoscere. "Voi vi rifiutate di permetterlo?"

"Viola, io non *voglio* che ciò accada. Come può essere sbagliato?"

"Avete paura di essere coinvolto nello scandalo?" chiese lei. "La nonna ha ragione. Avete un futuro promettente e io potrei averlo rovinato.

Anche se insisto nel dire che potrei averlo salvato fornendovi un alibi per ieri sera."

"Il mio alibi ha avuto il prezzo di uno scandalo, che la cosa ci preoccupi o meno," disse sarcastico Jack. "Ma no, il mio futuro non mi preoccupa troppo. Non mentirò dicendo di non averci mai pensato, ma sono molto più preoccupato per voi."

"E io vi ho detto di non esserlo. Ne ho passate di peggiori."

Jack la guardò inarcando un sopracciglio. "Vi hanno mai detto che siete cocciuta?"

"Solo i miei genitori, mia nonna, mio fratello, occasionalmente la mia cameriera e probabilmente Blenheim, il maggiordomo. No, lui no. Non lo farebbe mai. Ma gliel'ho letto negli occhi."

Jack cercò di non ridere e fallì.

Viola sorrise in risposta. "Sono felice che non siate più arrabbiato. Mi dispiace davvero per ciò che è accaduto al parco." Il sorriso della giovane sbiadì e lei angolò il corpo verso di lui. "Possiamo dare per scontato che Caldwell e sir Humphrey siano gli autori della lettera che ho ricevuto?"

Jack ci aveva riflettuto su durante la camminata dal parco ed era giunto alla medesima conclusione. "Sembrerebbe che siano coinvolti in qualche modo. Ma come hanno fatto a scoprire che ero al Toro e la Volpe, ieri sera? Sono stato molto attento, tanto al mio arrivo quanto alla mia partenza. Non ho visto loro o nessun altro." Fece una pausa. "Non è del tutto vero. Conoscevo alcuni degli uomini presenti all'incontro. Alcuni di loro frequentano il Duca Malandrino, ma non credo che abbiano rapporti con Caldwell o con sir Humphrey. Non li ho mai visti insieme e non c'è motivo per cui cerchino la reciproca compagnia."

"Tranne quando sono tutti insieme al Duca Malandrino. Forse si sono recati laggiù dopo l'incontro di ieri sera e hanno visto Caldwell e sir Humphrey."

"Che per puro caso hanno chiesto se io fossi presente all'incontro?"

Viola si strinse nelle spalle. "Non saprei. Sto cercando di farmi un'idea. Siete andato al Duca Malandrino dopo l'incontro?"

"No, sono andato a casa." Era raro che capitasse, e ora Jack rimpiangeva di non essere andato alla taverna. "Farò un salto questa sera, dopo essere andato da mio padre." Doveva dirgli di persona del fidanzamento.

"Ci vedremo là."

Jack avrebbe dovuto prevederlo. "Viola, non credo sia saggio per voi continuare a impersonare Tavistock, soprattutto ora che vostra nonna conosce il segreto."

"Perché? Lei non mi ha detto di smettere."

Jack esalò il fiato, sapendo che quella era una battaglia persa. Per il momento. Aveva intenzione di far sparire Tavistock, per la sicurezza di Viola. "Non possiamo vederci prima delle dieci, come minimo, forse addirittura delle undici."

"Arriverò verso le dieci e cercherò di aspettarvi. Fate in fretta."

Era una richiesta non necessaria. Jack aveva già cominciato a contare i minuti che mancavano al loro futuro incontro.

Jack si alzò. "Devo andare."

Lei fece lo stesso. "Tutto qui? Mia nonna chiude la porta e ci lascia soli, e voi ve ne andate?"

Jack le rivolse un ampio sorriso. "Ci ha detto di non metterci troppo. Speravate che vi facessi mia nell'arco di un quarto d'ora?" Era fortemente tentato di provarci.

Viola sospirò. "Speravo che, visto che mi ero

presa la briga di provocare uno scandalo, tanto valeva fare qualcosa di scandaloso."

"Ah sì?" Jack le passò un braccio attorno alla vita e la attirò a sé.

Viola emise un gemito di sorpresa, ma avvolse con entusiasmo le braccia attorno al suo collo. "Questo è più simile a ciò che avevo in mente."

Jack le fece inclinare la testa all'indietro e la baciò, passandole la lingua sul labbro inferiore. Viola si premette contro di lui, i seni compressi contro il suo petto mentre gli toccava la lingua con la propria. Jack si perse nel suo abbraccio fino a quando lei non si tirò indietro, chissà quanto tempo dopo.

Aprendo gli occhi, la vide accennare col capo alla finestra. "Quelle tende sono semitrasparenti; offrono una certa riservatezza, ma non troppa."

Il disappunto si accumulò in Jack, che tuttavia doveva andare comunque. E poi, la vedova avrebbe potuto decidere in qualunque momento che loro due erano rimasti lì dentro a sufficienza.

Jack baciò Viola sulla tempia e le sue labbra si soffermarono sulla pelle dal dolce profumo. "Ci vediamo questa sera."

"Per quella che potrebbe essere la mia ultima apparizione nelle vesti di Tavistock."

Jack la guardò stupito. "Temevo che avrei dovuto faticare per convincervi a smettere."

"Come vi ho già detto, sono entusiasta, non stupida. Persino io me ne rendo conto, quando esagero. Posso sempre creare una nuova identità." Gli occhi azzurri della giovane brillavano di malizia.

Jack la guardò con gli occhi stretti. "Non sono sicuro che l'idea mi piaccia. Ne parleremo più tardi." La baciò di nuovo, quindi si costrinse ad andarsene.

Mentre raggiungeva l'estremità della piazza per fermare una vettura, si chiese come avrebbe reagito suo padre alla notizia del suo matrimonio. Jack sorrise, pensando che suo padre sarebbe stato molto felice.

La qual cosa rese felice anche lui.

~

Quella sera, alle dieci, Viola era appostata a un tavolo nella sala principale del Duca Malandrino. Doveva ancora vedere Jack... o Caldwell e sir Humphrey.

"Eastleigh!"

Val passò lo sguardo sulla stanza e, alla vista di Viola, si recò subito al suo tavolo. Una delle cameriere gli portò il suo boccale di birra personalizzato prima ancora che si fosse seduto. Val, naturalmente, sapeva che Viola sarebbe stata lì, perché, in base al loro accordo, lei gli aveva inviato un messaggio.

Val sollevò il boccale e mormorò: "Congratulazioni."

Lei si accigliò e non sollevò di rimando la birra. "Shh."

"Non mi ha sentito nessuno. E poi, per quanto ne sanno gli altri, potrei essermi congratulato per l'acquisto di un cavallo nuovo."

Ironia della sorte, Viola sapeva che certi uomini trovavano una cosa del genere più entusiasmante dello sposarsi. Non che lei intendesse farlo. No, doveva esserci una via di fuga, e tuttavia lei temeva che Jack volesse sposarla davvero. Soprattutto visto che, a quanto pareva, l'uomo si era recato a far visita al proprio padre.

Lei aveva pensato di chiedergli di non farlo, ma i suoi sforzi per convincerlo che il matrimonio non era necessario erano stati futili. Era perché lui voleva davvero sposarla? No, Viola non poteva crederci. Jack era sempre stato limpido sulle sue priorità: era concentrato sulla propria carriera e, al momento, non aveva tempo per una moglie.

Sfortunatamente, Viola gli aveva sottratto la possibilità di scegliere. Beh, poteva anche restituirgliela. Aveva abbandonato un uomo all'altare. Cos'era mai un secondo?

Se fosse riuscita a farlo. Jack era diverso da Edmund. Jack la capiva. La stimava. La ammirava. Viola non sapeva se avrebbe mai trovato un altro uomo come lui. Inoltre, non era sicura di volerlo.

E per quella ragione, non era sicura di poterlo costringere al matrimonio, che poi era quello che aveva la sensazione di stare facendo. C'era da stupirsi che non volesse congratulazioni?

"La nonna è entusiasta," disse Val.

"Entusiasta? Come diamine è possibile che nostra nonna possa essere definita in quel modo?"

Val ridacchiò. "Non hai torto." Si guardò attorno. "Barrett è già arrivato? E cosa ne pensa di…" Suo fratello passò lo sguardo su di lei. "… quella faccenda?"

Val tenne la voce bassa, ma Viola non voleva proprio parlare lì. "Non possiamo risparmiare questa conversazione per un altro momento?"

"Sì, sì. Sono solo felicissimo per te, tutto qui. Spero sinceramente che tu e lui sarete felici quanto me e Isabelle."

"Colehaven!"

Val guardò verso la porta. "Vuoi scusarmi? Devo parlare con Cole."

"Assolutamente." Viola fu più che felice di liberarsi di lui.

Giles Langford e Hugh Tarleton arrivarono qualche minuto dopo e la raggiunsero. Le stavano entrambi simpatici e Viola si rese conto che le sarebbe mancato essere una dei frequentatori del

Duca Malandrino. Avrebbe sentito la mancanza del sodalizio, dei biliardi e della benedetta indipendenza.

"Caldwell! Sir Humphrey!"

Viola drizzò le orecchie e il suo cuore accelerò i battiti. Guardò i due uomini entrare e cominciò a pensare a un modo di avvicinarli. Ma non ne ebbe la possibilità.

Val e Cole impedirono ai due di procedere oltre nel pub. Un attimo dopo, li fecero uscire e, quando tornarono, Cole fece un annuncio.

"Caldwell e sir Humphrey non sono più benvenuti al Duca Malandrino. Oggi pomeriggio, hanno offeso il nostro buon amico Jack Barrett e, in generale, si sono comportati in maniera vergognosa con la sorella di Eastleigh. Per questo motivo, li abbiamo sbattuti fuori."

"Se è vero che hanno insultato Barrett, avete fatto bene!" esclamò Giles.

Vi fu un coro di assenso e Viola non riuscì a non provare un moto d'orgoglio, pur essendo infastidita per essersi vista privare delle sue prede. Si scusò dal tavolo e riuscì a intrufolarsi nella saletta privata e a uscire dall'ingresso posteriore. Allungando il passo, corse a Haymarket nella speranza di intercettare Caldwell e sir Humphrey.

La fortuna era dalla sua: li vide più in là lungo la strada. Pensando che sarebbe stato meglio incontrarli 'per caso', vide un'apertura nel traffico e attraversò di corsa la strada. Poi corse lungo la parte opposta e attraversò di nuovo, in modo da incrociare i due.

Si sforzò di riprendere fiato prima di parlare. "Caldwell, sir Humphrey, buona serata a voi."

"Non lo è," si lamentò sir Humphrey.

"Mi dispiace," disse lei. "Stavo andando al Duca Malandrino. Perché non bevete una birra con me?

A meno che non veniate da là." Fece finta di non aver assistito all'espulsione.

"Siamo *appena* venuti da là. Per l'ultima volta," disse Caldwell, notevolmente inacidito. "Vi raccomando di starci lontano. Eastleigh e Colehaven sono impazziti e si sono schierati con quel radicale di Barrett."

Era l'occasione perfetta di vedere cosa le avrebbero detto... "Ho saputo di quanto è accaduto al parco, oggi pomeriggio. Barrett era davvero a quell'incontro di Spenceani?"

Caldwell annuì con fermezza. "Senza dubbio."

"Eppure sono stati sollevati dei dubbi," osservò Viola.

Sir Humphrey arricciò il labbro. "Da quella stupida donnetta della sorella di Eastleigh."

Viola si morse il labbro per evitare di dimostrare loro che non era nemmeno lontanamente stupida. Invece, li assecondò per incoraggiarli a condividere ulteriori informazioni. "Credete che abbia mentito per lui?"

"Certo. Barrett è noto per le sue simpatie radicali, così come altri deputati. Senza dubbio, era a quell'incontro ieri sera."

"Sembrate molto sicuri," disse Viola. Voleva disperatamente scoprire come potessero esserlo.

Sir Humphrey si sporse in avanti e, con aria molto soddisfatta, abbassò la voce. "Perché abbiamo un infiltrato."

Viola rimase di sasso. *Ecco* la spiegazione. "Che significa?"

"Nulla," scattò Caldwell. "Sir Humphrey ha bevuto troppo, questa sera. Devo portarlo a casa. Buonasera, Tavistock." Caldwell afferrò sir Humphrey per un braccio e lo trascinò lungo il marciapiede.

Viola si voltò e li guardò allontanarsi, con Caldwell che parlottava furiosamente nell'orecchio di sir Humphrey. Chiaramente, l'altro uomo aveva parlato a sproposito.

Oh, Viola non vedeva l'ora di raccontare a Jack ciò che aveva scoperto!

Girò sui tacchi e tornò al Duca Malandrino senza praticamente toccare terra. E poi, dato che la fortuna era davvero dalla sua quella sera, incappò in Jack proprio quando questi arrivò alla taverna.

L'uomo le sorrise. "Tempismo perfetto."

"No, no. Sono già stata dentro e Caldwell e sir Humphrey sono stati banditi." Viola afferrò Jack per un braccio, come Caldwell aveva fatto con sir Humphrey, e si incamminò lungo Haymarket.

Jack la seguì e lei mollò la presa. "Cos'è successo?"

"Caldwell e sir Humphrey sono entrati e mio fratello e Cole li hanno cacciati. Per sempre. Hanno detto a tutti che quei due vi hanno offeso – e che hanno offeso me, nel senso di Viola, non di Tavistock – e che non sono più i benvenuti al Duca Malandrino."

"È... molto carino."

"È stato meraviglioso!" Viola rise. "Avreste dovuto sentire cosa dicevano tutti. È palese che siete molto più popolare di loro."

"La cosa non mi stupisce," mormorò Jack prima di condurla attraverso la strada, fino a Charles Street.

"Dove stiamo andando?" chiese lei.

L'uomo si fermò sull'altro lato della strada. "Non lo so. Stavo semplicemente percorrendo la strada che faccio di solito quando esco dal Duca Malandrino... la strada di casa mia."

"Oh." All'improvviso, Viola voleva andare a casa di Jack. "Posso vederla? Potrò raccontarvi ciò che ho scoperto lungo la strada. Poi prenderò una vettura per tornare a casa."

"Non da sola."

"D'accordo. Comunque, muoio dalla voglia di dirvi quello che so, per cui smettetela di interrompermi."

Jack rise sottovoce mentre entravano in St. James's Square. "Non vi sto interrompendo. Siete voi che non parlate abbastanza velocemente."

Viola lo fulminò con lo sguardo per un istante prima di mettersi a raccontare. "Dopo che Val e Cole hanno cacciato Caldwell e sir Humphrey, sono uscita dal retro e ho fatto il giro fino a Haymarket, dove li ho intercettati."

"Ah sì?" Jack scosse la testa. "Ma certo che sì. Voi non conoscete la paura, Viola. E *dovreste*."

Viola esalò esasperata il fiato. "Posso finire, per favore?"

"Prego," disse amabilmente l'uomo.

"E non interrompetemi di nuovo, perché state davvero rovinando il divertimento, e la storia è molto interessante!"

"Fremo dall'attesa."

"Piantatela. Ho chiesto loro come facessero a sapere che eravate all'incontro. E prima che mi diciate che è stato un gesto avventato, sono stati loro a sollevare l'argomento." Non era andata proprio così, ma quel che era certo era che le avevano dato l'occasione di porre la domanda. "Erano sicuri che voi foste all'incontro, l'altra sera, e quando io li ho messi sotto torchio, la lingua lunga di sir Humphrey ha avuto il sopravvento. Ha detto che lo sapevano per certo perché avevano un *informatore*."

Avevano attraversato la piazza e si trovavano ora all'incrocio di King Street. Jack si fermò e si voltò a fissare Viola. "Cos'ha detto?"

Lei annuì vigorosamente. "È *così* che è andata,

Jack. Cosa credete che significhi? Di che uomo parlava?"

Jack si sfregò con una mano la guancia e la mascella. "Non lo so. Sto cercando di ricordare chi fosse presente ieri, ma non mi viene in mente nessuno che risaltasse. Ma del resto, se quei due sono riusciti a infiltrare qualcuno tra i Filantropi Spenceani, immagino sia normale che non si tratti di una persona vistosa."

"Di certo non aveva addosso un cartello con scritto 'spia.'"

Jack le rivolse un'occhiata sardonica, la bocca contratta in un mezzo sorriso. "No." Tacque per un istante e lei si chiese cosa stesse pensando. "Dovremo riflettere attentamente sulla nostra prossima mossa. Potrebbe essere giunto il momento, per me, di chiedere l'aiuto dei miei colleghi. La situazione sembra più complessa di quanto io avessi immaginato."

Jack indicò la casa sull'angolo. "Io vivo qui."

Viola si voltò e osservò l'elegante dimora. Non era grande, ma era ben tenuta, e la porta verde e il bovindo sulla facciata erano molto invitanti.

"Fermo una vettura," disse l'uomo, voltandosi verso la strada.

Lei lo afferrò di nuovo per il braccio e lui si fermò. "Posso vedere l'interno?"

L'uomo esitò prima di rispondere: "Suppongo di sì."

"Non potete dire che sarebbe uno scandalo, perché quello c'è già stato, grazie a me. E siccome me lo sono guadagnato e non ho avuto modo di fare nulla di davvero scandaloso in biblioteca, oggi, credo che voi mi dobbiate una notte di scandalo."

Le sopracciglia scure dell'uomo si inarcarono alte sulla sua fronte. "*Io* la devo a *voi*?"

Viola fece un passo avanti. "Forse la dobbiamo l'una all'altro."

Jack imprecò sottovoce, quindi fece per prenderle la mano. Poi, dopo averla lasciata andare, imprecò di nuovo. "Sarò molto lieto quando non vi vestirete più da uomo."

Viola non riuscì a non ridacchiare mentre Jack la conduceva su per i gradini e fino alla porta. La aprì e la tenne aperta mentre lei entrava nell'atrio piccolo, ma elegante. Marmo grigio pallido brillava sotto i suoi piedi. Alla sua sinistra, vide lo studio dell'uomo: la stanza col bovindo che dava sulla strada. Delle scale salivano lungo la parete destra, mentre un corridoio si estendeva verso l'interno dall'ingresso.

Un maggiordomo di mezza età entrò nell'atrio.

"Buonasera, Gardner," disse Jack. "Permettimi di presentarsi la mia fidanzata, lady Viola Fairfax. Viola, lui è il mio maggiordomo."

Viola guardò Jack a bocca aperta prima di rivolgere la propria attenzione al maggiordomo. "Lieta di conoscerti, Gardner. Chiedo scusa per il mio… costume. Ero a un ballo in maschera." Nessuno avrebbe mai creduto che lei fosse andata a un ballo in maschera travestita tanto accuratamente da uomo, ma Gardner era palesemente un maggiordomo dalla grazia e dal talento immensi e il suo sguardo non mostrò nemmeno un'ombra di stupore o di affronto.

Il servitore si inchinò a Viola. "Il piacere è mio, milady. Siamo felicissimi di apprendere del vostro imminente matrimonio. Per conto di tutto lo staff, vi comunico che siamo ansiosi di servirvi."

"Ti ringrazio, Gardner. Il signor Barrett voleva solo farmi fare un giro della casa." O almeno, lei ci sperava. Anzi, sperava che avrebbe fatto ben di più.

"Esattamente," disse senza fallo Jack. Indicò la

zona posteriore della casa. "Da questa parte ci sono la sala da pranzo e una piccola sala mattutina che porta al mio minuscolo giardino. Andiamo di sopra."

Viola sorrise al maggiordomo prima di precedere Jack su per le scale. Raggiunto il primo piano, l'uomo gesticolò verso la facciata della casa, in direzione di un'ampia soglia. "Il salotto; non che io riceva molte visite." Si voltò e indicò vero l'interno della casa. "Una camera da letto per gli ospiti. Non che qualcuno venga mai a trovarmi." Le prese di nuovo la mano e, questa volta, non la lasciò andare.

Guidandola fino al secondo piano, la portò verso la parte anteriore della casa e aprì la porta di un piccolo salotto. Dopo che glielo ebbe fatto attraversare, entrambi emersero in una camera da letto. La camera da letto di Jack.

L'uomo le lasciò la mano e si inoltrò nella stanza, fino a trovarsi al centro di essa. "E qui è dove dormo. Quando non sono tormentato dal pensiero di voi."

Viola si tolse il cappello e lo gettò da parte, per poi fare lo stesso coi guanti. "Siete tormentato dal pensiero di me?" Trotterellò verso Jack e cominciò a rimuovere le forcine che le fermavano la parrucca.

"Come posseduto." L'uomo si tolse la giacca e la posò su una sedia vicino alla finestra che, di certo, dava sulla strada sottostante. Viola non poteva dirlo con certezza, perché le tende verde scuro erano chiuse a tenere fuori la notte. Un focherello ardeva nel caminetto e su entrambi i lati del letto brillavano delle lanterne. Nel complesso, la stanza era semibuia, ma c'era luce sufficiente da permettere a Viola di vedere Jack.

Una volta che tutte le forcine furono rimosse, Viola si tolse la parrucca e la posò sul tavolo as-

sieme alle forcine. Quindi, si tolse i peli dal viso.
"Vi stupirebbe sapere che sono stata tormentata
alla stessa maniera? Quando chiudo gli occhi, sento
le vostre labbra sulle mie. Quando giaccio nel letto,
vi immagino accanto a me. Sopra di me. *Dentro*
di me."

"Viola, buon Dio." All'improvviso, l'uomo era di
fronte a lei e le sue agili dita le tolsero le forcine dai
capelli fermati in alto, gettandole a terra.

"Le forcine," disse lei.

"Che vadano al diavolo." Una volta che i capelli
di Viola furono liberi, l'uomo le affondò le dita
nella chioma e le circondò la testa con le mani. La
fissò come se non fosse mai sazio di guardarla in
viso, quindi portò i pollici lungo le sue guance, la
mascella e le labbra fino a quando essi non si incontrarono. "Voi siete la donna più bella che io
abbia mai visto. Non credo che riuscirei a sopportare di vedervi ancora nelle vesti di Tavistock."

Viola tirò fuori la lingua e leccò i polpastrelli
dei pollici di Jack. L'uomo gemette e portò le mani
ai lati della testa di lei. Poi la baciò, incontrando la
bocca di Viola con la propria in una passione tor-
reggiante che sapeva li avrebbe consumati entrambi. Viola non vedeva l'ora.

CAPITOLO 13

$\mathcal{J}$ack fu felicissimo di veder sparire parrucca e basette. Aveva avuto una gran voglia di passare le mani nel miele setoso dei capelli di Viola e farlo era stato meglio di quanto lui avesse mai immaginato. Ora voleva che Tavistock svanisse per sempre.

Trascinò via la bocca da quella di Viola e baciò la giovane lungo la mascella mentre le allentava il fazzoletto. Liberò il pezzo di seta e lo lasciò cadere a terra. Passando le labbra lungo il collo della giovane, le allargò il colletto della camicia in modo da aver accesso alla clavicola. Non bastò.

Mentre la passione si faceva sempre più intensa, strattonò la giacca di Viola e insieme la gettarono via. Jack non attese che essa cadesse a terra prima di cominciare a sbottonarle il gilet. Un istante dopo, l'indumento atterrò dove già stava la giacca.

Viola si levò la camicia dai pantaloni e se la sfilò da sopra la testa. Ma non era nuda, naturalmente: i suoi seni erano fasciati, come Jack aveva sempre saputo. Quando l'aveva baciata e stretta nello sgabuzzino al ballo, i seni della giovane avevano premuto contro il suo petto come non avevano mai fatto quando lei era vestita da Tavistock.

Jack aveva una gran voglia di slegarla, ma prima voleva che si togliesse gli stivali. Guidandola verso il letto, la fece sedere sulla panca imbottita all'estremità. Quindi si inginocchiò sul pavimento e le sfilò gli stivali dai piedi.

"Siete un ottimo valletto," disse Viola. La sua voce si era fatta più roca, ma non come quando impersonava Tavistock. Quello era un suono sensuale, femminile, che si avvolse a spirale nel profondo del suo ventre.

"Ne riparleremo quando dovrete rivestirvi." Jack si mise poi al lavoro sulle calze della giovane e, quando i piedi di lei furono nudi, li massaggiò brevemente prima di premere le labbra contro l'interno del suo polpaccio.

Viola ebbe un guizzo, quindi rabbrividì mentre lui risaliva coi suoi baci fino alla gamba del pantalone. Jack sollevò la testa e si inginocchiò tra le gambe della giovane. Sollevando lo sguardo per guardarla in viso, le scostò i capelli e le circondò la nuca con una mano, attirandola verso il basso per poterla baciare di nuovo.

Viola gli appoggiò le mani sulle spalle e ricambiò il bacio con un trasporto pari al suo. Lui la afferrò per i fianchi mentre lei assumeva il ruolo del valletto, levandogli il fazzoletto e sbottonandogli il gilet. Impaziente, lui la aiutò, strappando quasi l'indumento nella fretta di levarselo.

Viola interruppe il bacio e scivolò giù dalla panca. "Tocca a voi." Lo guidò per fargli prendere il suo posto, quindi iniziò a togliergli gli stivali.

Gli occhi della giovane incontrarono quelli di Jack e non interruppero mai il contatto mentre lei gli toglieva calzature e calze. Era la svestizione più erotica che lui avesse mai sperimentato. Il suo membro era sconvolto dalla voglia e lui stesso ansimava quasi dal desiderio.

Viola lo guardò accigliata. "Avete ancora la camicia."

"E voi avete ancora i pantaloni."

"Pure voi," ribatté lei. "Via. La. Camicia."

Jack sfilò la camicia dai pantaloni e si levò l'indumento da sopra la testa. "Meglio?"

Lo sguardo di Viola si fissò sul suo petto nudo e le labbra della giovane si schiusero. "Oh, sì."

"Viola, se continuate a guardarmi come se fossi un dolce su un vassoio, vi butterò sul letto e vi fotterò senza ritegno."

Viola continuò a fissarlo. "D'accordo." Quindi si leccò il labbro inferiore.

Gemendo, Jack la afferrò per i bicipiti e si alzò. "Basta."

"Assolutamente no," mormorò la giovane prima che la bocca di Jack rivendicasse la sua.

Jack si lasciò andare completamente alla sua voglia, le labbra e la lingua che divoravano Viola più profondamente e disperatamente di qualunque dolce. La giovane era socia alla pari di quella follia: le sue mani esplorarono le spalle di Jack, la sua schiena, i suoi fianchi, per poi scendere in mezzo a loro. Viola premette i palmi delle mani aperte sul suo petto; le sue dita trovarono i suoi capezzoli e sfregarono avanti e indietro contro di essi fino a farlo gemere.

Era davvero il momento di togliere la fascia.

Jack staccò la bocca da quella di Viola e la condusse a fianco al letto, cosicché fossero accanto a una delle lanterne. "Voglio vedervi completamente," mormorò, afferrando l'estremità della fascia assicurata tra i seni.

Viola sollevò le braccia in modo che lui potesse slegare con facilità la mussola. Essa era stata avvolta quattro volte e, a ogni rivelazione, il fiato di Jack si mozzò nuovamente. Alla fine, i seni di Viola ricaddero liberi e lui lasciò cadere la stoffa, ormai dimenticata, per terra.

Viola era assolutamente squisita. Lui le accarezzò il collo, sfiorando il punto in cui esso si congiungeva alla clavicola, che scivolava in una linea elegante fino alla spalla. Da lì, Jack passò delicatamente le dita fino al rigonfiamento tentatore del seno. La toccò con entrambe le mani, il peso dei seni che gli riempiva la presa. Passò i pollici sui capezzoli ed essi reagirono istantaneamente, diventando deliziosamente eretti.

Jack si chinò e prese un capezzolo in bocca. Viola gemette e gli afferrò la nuca con le mani. Jack la tormentò con labbra e lingua... o tormentò se stesso, a seconda dei punti di vista. Ma era la tortura più dolce che lui potesse immaginare. Stuzzicarla e toccarla non faceva che aumentare la sua eccitazione fino a un livello incredibile.

"Jack, per favore."

Jack tirò un capezzolo con le dita mentre succhiava l'altro. "'Per favore' cosa?" riuscì a dire mentre portava la bocca all'altro seno.

"Non lo so, esattamente." Quando lui le succhiò vigorosamente il capezzolo, prendendolo completamente in bocca, lei lanciò un urlo. "Sì."

Jack allungò una mano verso la patta dei pantaloni di Viola. Trovati i bottoni, cominciò ad aprirli. Un attimo dopo, le spinse l'indumento verso il basso. Fece un minuscolo passo indietro per vederla nuda.

L'aveva immaginata mille volte in quel contesto, ma l'immagine che aveva in mente non era nulla rispetto alla realtà. I fianchi della giovane si allargavano delicatamente dalla vita e peli dorati le ombreggiavano il sesso. Jack avrebbe voluto assaporarla, ma magari non quella sera. Aveva dato per scontato che quello fosse il primo rapporto sessuale di lei, ma forse non era così: dopotutto, Viola era già stata fidanzata in passato.

Sollevò lo sguardo sul viso di lei. "Mi dispiace; sembra che non riesca a smettere di fissarvi. Siete splendida."

"Va tutto bene. Continuo a fare lo stesso con voi. Peccato che voi abbiate *ancora* i pantaloni addosso."

La frustrazione nella voce della giovane gli strappò una risatina. Ma poi Jack tornò serio. "È la vostra prima volta?"

Lei annuì. "Voglio dire, ho baciato Edmund e lui mi ha toccata–"

"Basta, per favore. Non voglio sapere cosa avete fatto con Ledbury."

"Preferirei parlare di ciò che vorrei mi fosse fatto. Potete toccarmi adesso? Per favore?"

Voleva parlarne? Oh, Jack poteva parlare di cento cose che avrebbe voluto farle. "Dove vorreste che vi toccassi?"

"Ovunque. Dappertutto."

Jack le toccò il seno, accarezzando la parte inferiore per poi pizzicare leggermente il capezzolo. "Qui?"

La giovane gemette e annuì mentre le sue palpebre calavano.

Jack fece scivolare una mano lungo le costole di Viola e giù per il suo ventre, per poi passare al fianco. Ne accarezzò la curva e si spostò verso il posteriore, circondando e strizzandone la carne. "Qui?"

Lei gli mise le mani sulle spalle, forse per farsi forza. Jack la sentiva tremare. "Sì."

Passando le dita su e giù lungo la coscia di

Viola, Jack le fece poi risalire lungo le gambe della giovane, fino a sentire il calore di lei. "Qui?"

Le mani di Viola gli strinsero le spalle. "Sì. Per favore."

Viola era già bagnata quando lui infilò le dita tra le sue pieghe. Lanciò un nuovo grido, conficcando le punte delle dita nella carne di Jack. Lui trovò il clitoride e lo sfregò fino a farla gemere. Poi ricordò ciò che lei aveva detto prima: che lo voleva dentro di sé.

Lui aveva mantenuto un controllo serrato, ma cominciava a cedere. Voglia e desiderio si accumularono dentro di lui in un crescendo e Jack infilò un dito nel corpo di Viola. Lei gemette di nuovo, questa volta più rumorosamente, e lui la baciò in preda a una frenesia incontrollabile.

Voleva sentirla urlare. Voleva *farla* urlare.

La sollevò sul letto e si tolse rapidamente i pantaloni. Arrampicatosi sul materasso, si inginocchiò tra le gambe della giovane e le baciò il ventre. Poi le allargò le cosce e portò la bocca al suo sesso.

"Jack!"

Lui sollevò la testa, non per guardarla, ma per chiedere: "Sì?"

"Cosa state facendo?"

Jack leccò in lunghezza il sesso di Viola e usò il pollice e le altre dita per stuzzicarle il clitoride. "Vi faccio urlare, spero."

"*Non posso* urlare. Il vostro staff penserà che qualcosa non vada."

"Il mio staff penserà che io stia dando piacere alla donna che presto diventerà mia moglie. Il che è precisamente quello che sto facendo." Jack le infilò la lingua dentro e premette contro il suo clitoride, facendola fremere fino a quando Viola non inarcò la schiena e lanciò effettivamente un urlo.

Jack avvertì l'arrivo dell'orgasmo della giovane,

i muscoli che si tendevano mentre lui tornava a penetrarla col dito e lo muoveva dentro e fuori. Ci volle a malapena un istante prima che lei gridasse di nuovo e fremesse tutto attorno a lui.

Sollevatosi sulle ginocchia, Jack abbassò lo sguardo sull'espressione velata di soddisfazione di Viola, con una quantità davvero assurda di orgoglio maschile.

Viola aprì gli occhi e cercò di concentrarsi su di lui. "Non mi sarei mai aspettata *quello*."

"Ottimo. Mi impegnerò a sorprendervi costantemente."

Un'ombra di disagio si fece strada fra i lineamenti di Viola. "Non era tutto, vero?"

"Lo è se volete che lo sia." Jack pregò che quello non fosse il caso.

Viola sollevò lo sguardo su di lui con un'espressione assolutamente petulante e provocante, che gli fece indurire ancora di più il membro. "Avete promesso di fottermi senza ritegno e io non me ne andrò prima che lo abbiate fatto."

~

*L*a voglia che Viola aveva avvertito qualche momento prima, quando si era creduta soddisfatta, tornò con violenza. Non riusciva a smettere di fissare il meraviglioso spettacolo del petto muscoloso di Jack e dell'allettante avvallamento tra la sua vita, il suo fianco e il suo inguine. Jack, decise, doveva per forza essere un esemplare di maschio perfetto, molto più attraente di qualunque quadro o scultura lei avesse mai visto.

E poi, c'era la sua virilità. Il suo *membro*. Era la stessa parola che l'aveva fatta ridere diverse volte in passato, quando aveva discusso dell'atto sessuale con le sue amiche. Le era parsa una parola sciocca, ma ora, mentre guardava l'asta dura, le pareva in qualche modo appropriata.

Si sollevò e allungò una mano verso di lui, sfiorando con le dita la punta umida che faceva capolino dal prepuzio.

Jack inalò di scatto.

"Va tutto bene?"

"È meraviglioso. Stupendo. Il momento più grandioso della mia vita." Peccato che Jack suonasse come un uomo sofferente.

"Non sono sicura di credervi." Viola lo circondò con la mano; amava la sensazione di calore e di velluto. "Sembra che vi stia torturando."

"Così è." Ora, l'uomo suonava come se non riuscisse a respirare.

"Sì? E io che cercavo di darvi piacere." Viola staccò la mano. "Forse dovrei fermarmi."

La mano di Jack si chiuse sopra la sua e la riportò al membro, facendole avvolgere le dita attorno alla base. "Cominciate da qui e risalite." L'uomo le mostrò quello che voleva. "Piano, forte, come volete."

"Voglio prendervelo in bocca."

"Oddio. Non questa sera, Viola. La prossima volta."

"Perché no? Voi l'avete fatto."

"Perché non voglio che la vostra prima volta consista nel sottoscritto che riversa il suo seme nella vostra gola. Anche se, a questo ritmo, riverserò il mio seme sulle vostre cosce. Solo..." L'uomo mise la mano sulla sua e guidò verso il suo sesso.

"Volete farlo adesso?" chiese lei.

Jack la guardò negli occhi. "A meno che voi non abbiate cambiato idea."

"No, per favore, fottetemi." Viola allargò ulteriormente le gambe e lo invitò a penetrarla. "Senza ritegno, possibilmente."

"Non credo che riuscirei a fare altro." Jack si premette dentro di lei, muovendosi lentamente, l'asta che scivolava nel fodero di Viola come se lo avessero fatto mille volte. Sembrava qualcosa di così naturale, di così giusto, come se loro due fossero stati creati esclusivamente l'uno per l'altra.

Viola avvertì una leggerissima sensazione sgradevole mentre si allargava per accogliere Jack. L'uomo si fermò e la guardò mentre le scostava i capelli dalla fronte. "Va tutto bene?" le chiese affettuosamente.

Lei annuì. "Non fermatevi." Oltre il lieve dolore, intuiva il piacere.

Jack avanzò fino a quando lei non si sentì completamente piena. "Ora rimarrò fermo per un istante." Il disagio cominciò a svanire e a Viola venne voglia di qualcosa di più.

"A dire il vero, credo che preferirei se voi usciste."

Jack fece subito per accontentarla. "Mi dispiace."

"Per poi rientrare. Non è così che dovrebbe funzionare? Fottere, voglio dire." Viola emise un gemito carico di frustrazione. "Non credo di essere capace di comunicare, in questo momento."

Jack rise piano, poi la baciò. "State comunicando benissimo." Rientrò in lei, poi uscì lentamente e affondò altrettanto lentamente.

"Questo è molto piacevole. Ma voglio qualcosa di più che piacevole. Accelerate il ritmo, per cortesia."

"Siete sicura di essere pronta? Non vi faccio male?"

Viola scosse la testa e Jack partì all'assalto, colpendo un punto che non aveva colpito prima, e la voglia la travolse. Viola afferrò i fianchi dell'uomo e strinse. *"Forza."*

Lui la baciò di nuovo, la bocca aperta e umida, affondando la lingua in lei mentre il suo membro faceva lo stesso. Jack si muoveva velocemente e con vigore e lei inarcò la schiena per andargli incontro, i corpi che si muovevano a un ritmo perfetto. L'orgasmo che Viola aveva sperimentato in precedenza cominciò a riformarsi e lei posò le mani aperte in fondo alla schiena di Jack mentre questi le spostava le gambe per fargliele avvolgere attorno ai suoi fianchi.

Oh, così era anche meglio. Jack affondò ancora di più e lei arrivò in cima alla montagna, tuffandosi in un abisso di piacere che non conosceva fondo.

Jack penetrò in lei ancora qualche volta, quindi Viola lo udì gridare il suo nome. L'uomo continuò a muoversi, ma a un ritmo meno frenetico, e presto si fermò del tutto. Il suo corpo ricadde su quello di lei e il suo peso caldo era delizioso. Viola lo circondò con le braccia e lo baciò sulla guancia, sulla bocca, sul collo, sfregando il naso.

Poco dopo, Jack rotolò su un fianco e la attirò a sé. "Non dovremmo pulire?" mormorò lei.

"Non ancora. Voglio solo tenervi stretta. Poi vi riporterò a casa."

Viola sospirò mentre si accoccolava contro di lui. Come poteva Jack portarla a casa, quando lei si sentiva già là?

CAPITOLO 14

"Si può sapere cosa stai scrivendo?" chiese la nonna dalla poltrona vicino al caminetto.

Viola sollevò lo sguardo dal tavolo su cui aveva riversato le sue idee per un libro. Non sapeva esattamente da quanto tempo stesse grattando con la penna sulla carta. "Sto... scrivendo." La nonna le avrebbe detto che scrivere un romanzo era uno spreco di tempo, soprattutto ora che Viola stava per sposarsi.

Stava per sposarsi.

La sera prima l'aveva trasformata. Viola aveva avuto davvero la sensazione di essere a casa tra le braccia di Jack. Il pensiero di non sposarlo le svuotava i polmoni dell'aria e apriva un buco nelle vicinanze del suo cuore.

Perché lei lo amava. Ora lo sapeva – ed era pronta ad ammetterlo – e, col senno di poi, si sentiva una stupida. Si era innamorata di Jack nell'arco di due settimane e poteva solo sperare che lui avesse fatto lo stesso. Glielo aveva quasi detto, la sera prima, ma se lui non l'avesse amata a sua volta? Era evidente che l'uomo teneva a lei e che aveva intenzione di sposarla, ma era forse la stessa cosa di quella... passione travolgente che Viola provava per lui? Ogni istante lontano da Jack era come un'eternità e ogni momento con lui era gioia.

"È una lettera d'amore?" chiese la nonna.

Viola portò di scatto lo sguardo a sua nonna e intravide quel che restava di un raro, vago sorriso. "No, non è una lettera d'amore."

"Credevo che lo fosse. È evidente che sei innamorata. Sono felice che il matrimonio si terrà presto." La nonna si alzò. "È l'ora della mia pennichella."

L'anziana oltrepassò Blenheim, che le rivolse un cenno del capo mentre la vedova usciva dalla biblioteca. Il maggiordomo portò una lettera a Viola. "È arrivata questa da parte di Sua Grazia, milady."

Lei gli sorrise. "Grazie, Blenheim."

Viola lacerò la busta e vide che al suo interno c'era una seconda lettera. Lesse la prima, da parte di Val, che diceva che l'altra missiva era arrivata al Duca Malandrino ed era indirizzata a Tavistock. Le pulsazioni di Viola ebbero un guizzo e il suo cuore prese a martellare quando aprì la seconda lettera.

Caro Tavistock,

Venite alla Lepre Nera in Villers Street alle tre se volete scoprire l'identità dell'informaotre degli Spenseani.

Viola guardò accigliata il foglio. La grafia non le era familiare; non era la stessa della precedente lettera indirizzata a Tavistock. La scrittura era molto sgraziata, con macchie d'inchiostro ed errori d'ortografia. L'indirizzo menzionato doveva essere Villiers Street.

Viola lanciò un'occhiata all'orologio sulla mensola del caminetto. Erano a malapena le due. Se si fosse sbrigata, avrebbe potuto farcela. E tuttavia, non era il caso di andare da sola. Forse Jack avrebbe potuto venirle incontro. Gli avrebbe mandato un messaggio a Westminster, chiedendogli di incontrarla alla Lepre Nera.

E se Jack non avesse ricevuto il biglietto in tempo? O se non fosse riuscito ad allontanarsi? Lei sarebbe andata e, se Jack non fosse arrivato, sarebbe tornata indietro. Non c'era nulla di male in tutto ciò.

Preso un nuovo foglio, Viola scrisse il messaggio, si alzò e si recò all'ingresso. "Blenheim, questo dev'essere consegnato immediatamente a Westminster. Al signor Jack Barrett."

Il maggiordomo prese la missiva e annuì. "Mando subito un lacchè."

"Grazie." Viola sorrise, quindi corse al piano di sopra a indossare il suo costume da Tavistock. E dire che aveva creduto che la sera prima fosse stata la sua ultima occasione di farlo.

Per la prima volta, aveva il terrore di fasciarsi i seni, di appiattirsi i capelli per fare posto alla parrucca e di incollarsi le basette alle guance. Sperò che *quella* sarebbe stata l'ultima volta.

Erano quasi le tre quando la vettura che aveva noleggiato arrivò in Villiers Street, poco più a sud della Lepre Nera. Viola chiese al cocchiere di fermarsi per qualche minuto, dandogli in cambio del denaro extra. L'uomo accettò, ma disse che non avrebbe atteso per tutto il giorno.

Viola osservò il marciapiedi e l'altro lato della strada in cerca di Jack, ma non lo vide. Camminando in cerchio, attese un'altra vettura. Forse l'uomo era già entrato alla Lepre Nera.

Dopo essersi incamminata verso la taverna, Viola esitò fuori dalla porta. Non poteva entrare, non senza di lui. Invece, cercò di sbirciare dalla finestra, ma l'interno era male illuminato e lei non riuscì a identificare nessuno dei presenti.

Frustrata e delusa, perché a quanto pareva non sarebbe riuscita a scoprire l'identità dell'informatore, Viola si voltò e si incamminò verso la sua vettura. All'improvviso, mani forti la afferrarono e la trascinarono nello stretto vicolo accanto al pub. Ma quello fu tutto ciò che lei vide, perché un sacco calò sulla sua testa, immergendola nell'oscurità.

Viola cominciò a urlare... no, era uno strillo, uno strillo femminile, e non gliene importava nulla. Una mano le coprì la bocca. Zittendola.

"Cristo, Tavistock grida come una donna!" Il suo rapitore accentuò la presa. "Tacete o dovremo spararvi."

"Ah sì?" Era una voce nuova. Gli uomini erano in due.

"Sì!" sibilò il primo.

Mentre i due discutevano, la trascinarono anche, presumibilmente lungo il vicolo. Ciascuno dei due la teneva per un braccio e uno di loro le tenne la bocca coperta con una mano. Viola udì una portiera aprirsi, dopodiché la spinsero bruscamente all'interno. Poi, la trascinarono su per una rampa di scale, ma la situazione era troppo scomoda perché un uomo potesse tenerle la mano sulla bocca. Viola riprese a strillare e l'uomo sopra di lei sulle scale la colpì. Viola barcollò, ma l'uomo sotto di lei la afferrò.

"Porco mondo!" esclamò l'uomo che la sorreggeva.

"Fallo – o falla – tacere o gli sparo. O le sparo."

Viola sentì qualcosa che le pungolava lo stomaco. Non era sicura che fosse una pistola, ma come poteva saperlo per certo? Non ci vedeva assolutamente e nessuno le aveva mai ficcato una pistola nel ventre prima di allora.

"Tappagli la bocca con qualcosa," disse l'uomo sopra di lei.

Un attimo dopo, delle dita tastarono il sacco che le copriva il viso. Quando l'uomo trovò la sua bocca, lei pensò di morderlo, ma non credeva che sarebbe riuscita a fare grossi danni attraverso la stoffa. E poi, era probabile che ci fosse una pistola puntata contro il suo addome.

L'uomo alle sue spalle le legò qualcosa attorno alla bocca, forzandole il sacco tra le labbra. Viola sentì sapore di polvere e sporcizia e la nausea le rimescolò lo stomaco.

La trascinarono su per il resto delle scale e in una stanza. Viola udì la porta chiudersi, poi qualcuno la buttò su una sedia. Uno degli uomini le legò le braccia dietro le spalle e le annodò i polsi.

Viola, il cui cuore già minacciava di balzarle fuori dal petto, si irrigidì. Avrebbe voluto chiedere cosa volessero quegli uomini, ma non riusciva a parlare. Quando ci provava, tutto ciò che le usciva di bocca erano suoni soffocati.

Delle dita si infilarono sotto il bavaglio legato attorno al suo viso mentre lo separavano dal sacco, che poi le sollevarono sopra il naso, ma tenendole gli occhi coperti. Viola rabbrividì di disgusto per quel tocco così intimo. Poi l'uomo le strattonò la barba finta, levandogliela dalla pelle.

"Le basette sono finte," disse l'uomo.

"Porco mondo, è una donna," imprecò l'uomo con la pistola. Entrambe le voci avevano un che di familiare, ma Viola non riusciva a identificarle.

"Ora che si fa?" chiese il primo uomo.

"Dipende da chi è lei," rispose l'uomo con la pistola.

Viola cercò di urlare che era la sorella del duca di Eastleigh.

"Non possiamo saperlo senza scoprirle il viso, e a quel punto lei potrà riconoscerci."

"E questo non va bene." L'uomo le ficcò la pistola nel fianco, strappandole un gemito. "Tavistock, voi avete provocato qualche guaio di troppo. Ora dobbiamo decidere cosa fare."

La paura sbocciò nel ventre di Viola, che ebbe paura di rigettare. Non sarebbe mai dovuta venire. Aveva pensato che il suo fosse un buon piano ed era stata sul punto di tornare alla vettura, dato che Jack non era venuto.

Jack.

Poteva solo pregare che lui arrivasse prima che… Non era sicura di quale fosse la fine del pensiero e aveva paura di scoprirlo.

~

*V*erso la fine della seconda, lunga riunione pomeridiana, Jack ricevette un biglietto. Lo avrebbe messo da parte, ma riconobbe la grafia di Viola. Sorridendo tra sé, come aveva fatto per tutto il giorno perché non riusciva a smettere di pensare alla sera prima, lo aprì. Una volta terminato, il sorriso si era trasformato in un cipiglio.

Alzandosi, chiese scusa ai suoi colleghi e si allontanò frettolosamente. Prese una vettura e disse al vetturino di correre in Villiers Street. Arrivò all'esterno della Lepre Nera e si guardò attorno in cerca di Viola… o meglio, di Tavistock.

Non avendola vista, entrò nella taverna e chiese se qualcuno avesse visto il giovane uomo. Quando tutti risposero negativamente, la preoccupazione si trasformò in vero e proprio allarme. Uscendo di corsa, Jack scrutò meglio entrambi i lati della strada. Questa volta, notò una vettura che sostava poco più in là.

Jack corse alla vettura e attirò l'attenzione del conducente. "Per caso avete visto un giovane uomo? Più basso della media, molto magro." Le curve di Viola non avevano nulla di magro, ma per un uomo ella era quantomeno minuta.

Il vetturino aggrottò la fronte sotto il cappello. "Sì. Mi ha pagato perché aspettassi per qualche minuto. Stavo per andarmene, ma poi ho visto un paio di tizi che lo trascinavano in quel vicolo."

Jack lo guardò a bocca aperta. "E siete rimasto a guardare?"

"Non voglio rogne," disse il vetturino. "È da un po' che cerco di capire cosa fare. Sono da solo e mi manca pure un pezzo." Il vetturino bussò sul proprio stivale e il suono vuoto fece capire a Jack che l'uomo aveva una gamba di legno.

Imprecando, Jack indicò il vicolo accanto alla taverna. "Lo hanno portato di là?"

Il vetturino annuì. "Saranno passati dieci minuti."

"Erano due uomini, avete detto?" chiese Jack.

Quando il vetturino annuì, Jack si incamminò nuovamente verso la taverna, passando davanti al vicolo e ignorando il dolore acuto dell'ansia al petto e al ventre. Sarebbe stato inutile correre nel vicolo e cercare di trovare quegli uomini. Lui sperava che fossero da qualche parte in quella taverna.

Una volta entrato, avvicinò il taverniere. "Avete per caso una stanza dove potrebbero esserci un paio di gentiluomini? Ho un appuntamento." Nel parlare, fece scivolare una banconota sul bancone verso l'uomo.

"C'è una stanza al piano di sopra. Due tizi la stanno usando. Passate dal retro. La porta sulla destra conduce alle scale."

"Grazie." Jack finì a malapena di pronunciare quella parola prima di uscire dalla porta sul retro. Forse quelli non erano gli uomini che stava cercando, ma non aveva altri indizi.

Aperta la porta, entrò con prudenza in un breve corridoio. C'era una seconda porta, sulla sua destra, e a giudicare da dove si trovava, doveva dare sul vicolo. La speranza gli sbocciò nel petto e lui salì furtivamente le scale, badando a fare meno rumore possibile.

Si fermò a metà strada, preoccupato perché non aveva un'arma. E se quei due fossero stati armati? Ma non poteva andarsene, non se lei era lì e in grave pericolo. Forse, al pianterreno c'era qualcosa di utilizzabile.

Jack corse di sotto e oltrepassò nuovamente la soglia. Trovò un piccolo ripostiglio. All'interno c'erano diversi strumenti per la pulizia, tra cui una scopa. Non era molto, ma di certo meglio di nulla, e lui aveva preso non poche lezioni di scherma.

L'ispirazione lo colse e lui spezzò il manico su un ginocchio. Ciò gli lasciò un palo dall'estremità frastagliata. Perfetto. O no, ma avrebbe dovuto arrangiarsi.

Tornando sui propri passi, Jack salì le scale fino a uno stretto pianerottolo. La singola candela che ardeva lungo le scale non forniva molta illuminazione. C'erano tre porte. Jack avvicinò la testa a ciascuna, origliando. Alla seconda, udì delle voci. Poi riconobbe per certo il suono di un grido soffocato.

Jack spalancò la porta e fece irruzione impugnando il palo spezzato. Una coppia di gentiluomini sconvolti lo fissò. Pennington e sir Humphrey. Erano su entrambi i fianchi di Viola e Pennington aveva conficcato le dita nel fianco di Viola.

La giovane cercò di allontanarsi dall'uomo, ma aveva le braccia legate dietro la schiena e non poteva muoversi molto.

Jack non ci vedeva più dalla rabbia. "Cosa diavolo state facendo?"

Viola gridò qualcosa che avrebbe potuto essere "Jack," ma lui non poteva saperlo per certo, perché la giovane era imbavagliata. Oh, stava per commettere un gesto violento. Doveva solo decidere chi avrebbe subito per primo la sua ira.

Sir Humphrey spalancò gli occhi. "Barrett! Che ci fate qui?"

"La cosa non ha importanza. Allontanatevi da lei." Jack si rese conto di non aver usato il pronome giusto, ma non gliene importava. Tenere Viola al sicuro era l'unica cosa importante. "Pennington, cosa state facendo con quelle dita? Levatele il sacco dalla testa. *Ora.*" Jack avanzò e sventolò la scopa rotta in faccia all'uomo.

Pennington emise un suono di paura e corse a togliere il sacco. Il cappello di Viola prese il volo e la sua parrucca si sollevò.

Sir Humphrey sussultò. "È la sorella di Eastleigh!"

A quanto pareva, i due non si erano resi conto che Tavistock fosse una donna. Un attimo, dovevano saperlo. Le basette di Viola erano nel suo grembo. Erano solo stati all'oscuro della sua identità.

Lo sguardo di Viola trovò il suo e la giovane si lasciò andare al sollievo. Nel frattempo, Jack era pronto a commettere un omicidio.

"Levatele il bavaglio," ringhiò. "È inconcepibile che debba dirvelo." Affondò il manico di scopa nei pressi della guancia di Pennington.

L'uomo emise un gridolino, quindi si affrettò a togliere il bavaglio di Viola.

Jack sventolò il palo verso sir Humphrey. "Slegatela!"

Una volta libera, la giovane si alzò d'un balzo dalla sedia e corse al fianco di Jack. Lui la circondò con un braccio e la tenne stretta. Lei gli tuffò il viso contro il collo. "Mi dispiace tanto," mormorò. "Quando non vi ho visto, ho cercato di andarmene, ma mi hanno presa."

"Shh." Jack la baciò sulla tempia. "Ci sono qui io, ora."

Fulminò con lo sguardo Pennington e sir Humphrey. "Giustificatevi prima dell'arrivo di Bow Street."

I due uomini impallidirono. "Volevamo solo spaventarlo," disse sir Humphrey, la voce resa acuta dalla disperazione. "Spaventarla. Tavistock."

"Non sapevamo che lui fosse una donna," disse Pennington.

Viola li fulminò con lo sguardo. "E non avevate una pistola, vero?"

Pennington scosse la testa. "Volevano solo spaventarvi. Sir Humphrey ha detto qualcosa di avventato, ieri sera, e Caldwell ha detto che dovevamo riparare l'errore." L'uomo guardò storto sir Humphrey. "Mi ha convinto ad aiutarlo, come lui e Caldwell fanno da tempo."

Caldwell. Jack non aveva davvero pensato che lui – e quegli uomini – fossero disposti a tanto per eliminare lui, un avversario politico. "Dov'è Caldwell?"

Sir Humphrey si torse le mani. "Ci ha detto di sistemare questa faccenda. È stato un mio errore menzionare l'informatore. Nessuno avrebbe dovuto saperlo. Nemmeno *io* avrei dovuto saperlo."

"E lo avete detto a un reporter," disse disgustata Viola.

"Qual era il vostro obiettivo… vostro e di Caldwell? Mi avete accusato di aver incontrato gli Spenceani e state cercando di collegarmi all'attentato al Principe Reggente. Perché?" volle sapere Jack.

"Volevamo solo che vi levaste di torno," disse sir Humphrey. "Siete una spina nel fianco, con i vostri discorsi di riforme. Vorreste riformare le nostre circoscrizioni e noi perderemmo i seggi."

"Voi non meritate un seggio," disse sprezzante Viola. "Non lo meritavate nemmeno prima di diventare criminali."

"Caldwell voleva rovinarvi la reputazione… per farvi espellere dalla Camera dei Comuni," piagnucolò Pennington. "Prendetevela con lui."

"Voi non siete certo innocente," disse cupamente Jack. Porse il manico di scopa a Viola. "Reggete questo."

Attraversato lo spazio che lo separava da Pennington, gli diede un cazzotto che lo spedì barcollante all'indietro. Quindi si voltò e fece lo stesso con sir Humphrey, gettandolo a terra.

"Siete fortunati che mi limiti a questo." Jack tornò da Viola e la circondò con le braccia. La baciò, quindi riprese il manico di scopa prima di rivolgersi nuovamente agli uomini. "Rimanete qui fino all'arrivo di Bow Street. Anche se non doveste farlo, loro sanno dove vivete. E se oserete rivelare a chiunque la vera identità di Tavistock, io vi darò la caccia e renderò quello che resta delle vostre miserabili vite assolutamente abominevole. Avete capito?"

Entrambi gli interessati annuirono vigorosamente: Pennington che si faceva piccolo in un angolo e sir Humphrey raggomitolato sul pavimento.

Voltandosi, Jack prese la mano di Viola e la condusse fuori dalla stanza, chiudendosi fermamente la porta alle spalle. Scese di corsa le scale e decise che avrebbero fatto meglio a uscire dalla porta posteriore che dava sul vicolo.

Una volta usciti, sentì che il corpo della giovane cominciava a lasciarsi andare. Fece cadere il manico di scopa e si voltò, prendendo Viola tra le braccia e stringendosela al petto. "Siete al sicuro, adesso."

"Temevo che non mi avreste trovata. E proprio quando tutto sembrava davvero perfetto." La giovane si staccò e lo guardò in viso; aveva la parrucca storta, ma il suo viso era quello, amatissimo, di Viola.

"Ma certo che vi avrei trovata. Avrei cercato ai quattro angoli della Terra, fino alla fine del tempo. Voi siete mia, Viola. Vi amo."

Lacrime di gioia le scivolarono lungo le guance, e lui gliele asciugò. "Non piangete, tesoro mio."

"Non posso farci nulla. Non sono mai stata così felice. Vi amo anch'io."

Jack la baciò e insieme si strinsero l'uno all'altra, come se il mondo potesse separarli. Ci volle qualche istante prima che lei traesse un respiro tremante e lo guardasse nuovamente in viso. "Non avevo intenzione di sposarvi."

Jack inclinò la testa mentre una lama di ghiaccio correva lungo la sua spina dorsale. "Che significa?"

"Ho cercato di dirvi che non era necessario che ci sposassimo. Voi non volevate il matrimonio."

"Ora lo voglio. Scandalo o meno, voglio voi, Viola. Vi amo. Ho *bisogno* di voi." Le accarezzò la guancia. "Non avevate intenzione di abbandonarmi all'altare, vero?"

Viola scosse la testa. "No. Non avrei mai potuto farlo. Mi sono sforzata molto di non amarvi, di non essere vulnerabile... Non ero sicura che voi ricambiaste il mio amore."

Jack rise. "Come potevate non saperlo? Ero sicuro che i miei sentimenti fossero visibili a tutti."

Lei gli sorrise, passandogli le mani sulla schiena. "Ora lo vedo. Ed è mio."

"Proprio così." Jack la baciò di nuovo, quindi la prese per mano e la condusse fuori dal vicolo. "Forza, dobbiamo riportarvi a casa e io devo fare un salto in Bow Street."

"Vengo con voi. Per il libro."

Jack si fermò quando raggiunsero la strada e guardò Viola. "Il libro? Volete dire l'articolo che state scrivendo."

La giovane scosse la testa. "Credo che preferirei scrivere un libro. Salvo che non riusciamo a scoprire chi sia l'informatore e perché si è infiltrato negli Spenceani."

"È quello che voglio fare." L'idea che Caldwell o altri parlamentari avessero impiantato qualcuno all'interno degli Spenceani era incredibilmente preoccupante. Qual era il movente? Quegli uomini avevano sempre voluto incriminare Jack, o c'era dietro un progetto più grande? Jack voleva occuparsi di Caldwell e lo avrebbe fatto.

Fermò una vettura e presto lui e Viola furono sulla strada per Berkeley Square.

CAPITOLO 15

*P*iù di un'ora dopo, Viola era seduta in un ufficio in Bow Street mentre Jack camminava avanti e indietro davanti al focolare. Il tempo si era fatto uggioso e l'aria era fredda, ma nemmeno il calore del fuoco poteva scacciare una sensazione di inquietudine.

"Perché ci vuole così tanto?" chiese Jack.

Erano lì da un po', dopo aver fatto una sosta in Berkeley Square così che Viola si trasformasse rapidamente da Tavistock in lady Viola. Poi erano corsi lì con la carrozza della nonna, che ora era parcheggiata fuori dall'edificio.

Per fortuna l'anziana dormiva ancora, perché ci sarebbe voluto troppo tempo per spiegare cosa stavano combinando. E perché era necessario che loro andassero in Bow Street. Insieme. Non accompagnati.

Era un bene che avessero già dato scandalo e fossero avviati all'altare.

La porta si aprì e Viola non riuscì a credere a chi era la persona che entrò. Lord Orford li salutò con un fermo cenno del capo.

"Buon pomeriggio, lady Viola." L'uomo le rivolse un inchino, quindi si voltò verso Jack e gli tese la mano. "Barrett."

Jack strinse la mano dell'uomo, ma la sua espressione era un misto di curiosità e scetticismo. "Pensavo che avremmo parlato con un runner."

"Non per una cosa del genere." Orford si sedette su una poltrona ad angolo accanto al corto divanetto dov'era seduta Viola. "Vi dispiacerebbe sedervi?" L'uomo guardò Jack e gesticolò verso un punto accanto a Viola.

Accigliandosi, Jack prese posto sul divano. Viola riusciva a percepire la tensione che ribolliva in lui.

"Cosa ci fate voi qui?" chiese Jack.

"È complicato. Il segretario, il signor Stafford, mi ha chiesto di parlare con voi. Chiedo scusa se ho impiegato tutto questo tempo ad arrivare."

Jack lo osservò. "Eravate ancora a Westminster?"

"Sì. Dovevo occuparmi di una faccenda riguardante il signor Caldwell."

"È complice del crimine," disse disgustato Jack.

"Sono stato informato di ciò che è accaduto a lady Viola." Lord Orford guardò Viola e il suo sguardo si intenerì per la compassione. "Mi dispiace terribilmente per il trauma che quegli uomini vi hanno provocato."

Jack si sporse in avanti, la bocca dura e lo sguardo che scintillava di furia. "Vuotate il sacco, Orford. Cosa ci fate qui e cosa avete a che vedere con informatori, agitatori e le voci del mio coinvolgimento nell'attentato al Principe Reggente?"

"Cercherò di spiegarvi tutto il meglio possibile, ma ci sono degli aspetti di questa... situazione che sono estremamente delicati e non possono essere rivelati."

L'inquietudine di Viola si fece più intensa.

Orford guardò Jack. "Avete conosciuto il signor Castle all'incontro degli Spenceani?" Quando Jack annuì, l'uomo proseguì. "È un informatore e temo che abbia riferito della vostra presenza all'incontro a Caldwell, che io avevo sperato sarebbe stato d'aiuto in questa... situazione. Sfortunatamente, avevo mal calcolato l'affidabilità di Caldwell e il suo onore." Orford rivolse a entrambi un'occhiata di scuse.

Jack rimase a bocca aperta. "Il governo ha piazzato un informatore tra i Filantropi Spenceani... È folle."

Orford non parve nemmeno sentirlo. "Mi dispiace per quello che è successo. Caldwell aveva degli obiettivi propri, dei quali io non ero a conoscenza. Era da un pezzo che cercava una scusa per farvi espellere dal vostro seggio e ha cercato di dare l'impressione che voi foste in qualche modo coinvolto nell'attentato al Principe." L'uomo scosse cupamente la testa. "Caldwell non occuperà più il suo seggio, né lo faranno Pennington o sir Humphrey. Non vi daranno mai più fastidio."

Jack guardò Orford con gli occhi stretti. "Voi lavorate per il Ministero degli Interni?"

Orford non rispose e la sua espressione rimase impassibile. Per Viola, ciò equivaleva a un'ammissione quanto a una risposta esplicita. Soprattutto considerata la conversazione che lei aveva avuto con l'uomo, che le aveva dato la sensazione che egli stesse cercando di acquisire informazioni riguardo alle voci attorno all'attentato. Forse Orford aveva agito per conto del Ministero dell'Interno. Viola prese la mano di Jack e scoprì che l'uomo era ancora teso.

Jack si accigliò nei confronti di Orford. "Non sono sicuro di fidarmi che voi – o chiunque sia al comando – vi assicurerete che ciò accada. Se qualcuno dovesse minacciare me o mia moglie, io non rimarrò a guardare."

Sebbene Viola non fosse ancora la moglie di Jack, la parola la colmò di entusiasmo. Strinse la mano dell'uomo e provò un senso di gratitudine quando lui afferrò di rimando la sua.

"Comprendo pienamente la vostra posizione. Sarebbe lo stesso per me." Orford lanciò un'occhiata a Viola e lei ebbe la sensazione di percepire una punta di rimorso. Poi, l'uomo rivolse la propria attenzione a Jack. "Siete un uomo fortunato ad aver trovato una sposa del genere. Offro a entrambi le mie congratulazioni."

"Grazie," mormorò Viola.

"E ora, devo chiedervi di mantenere il più stretto riserbo su tutto ciò che avete appreso oggi."

Viola lasciò la mano di Jack e si sporse in avanti. "Non possiamo dire una parola? Volevo scrivere un articolo riguardo a quello che è successo. La gente ha il diritto di sapere cosa sta accadendo."

Orford scosse fermamente la testa. "Non potete. In cambio, Caldwell e i suoi sgherri non vi infastidiranno più e nessuno verrà mai a conoscenza dell'identità del signor Tavistock. Anche se suggerisco che egli farebbe meglio a smettere di scrivere per la *Ladies' Gazette* e, magari, a trasferirsi in un angolo remoto del Paese."

"Lo ha già fatto," disse Viola con non poco fastidio, mentre il suo sogno di pubblicare un articolo d'impatto lei scivolava tra le dita.

"Ottimo." Orford si alzò di scatto. "In tal caso, credo che abbiamo finito."

Jack si alzò e aiutò Viola a fare lo stesso. "Credo di sì. Buon pomeriggio." Jack inclinò la testa, quindi accompagnò Viola fuori dall'ufficio e all'esterno, dove li attendeva la carrozza.

La pioggia li bombardò mentre entravano di corsa nel veicolo. Una volta dentro, Jack si lasciò andare a un'imprecazione. Poi si scusò. "È dannatamente frustrante."

"Lo so."

L'uomo si voltò verso di lei. "Mi dispiace per il vostro articolo."

"Nessun problema." Non era proprio così, ma Viola se ne sarebbe fatta una ragione. "Per puro caso, oggi stavo prendendo appunti per un libro che mi piacerebbe scrivere."

"E di cosa parla questo libro?"

"Beh, è una storia di spionaggio, intrigo e, naturalmente, amore."

"Naturalmente." Jack la circondò con le braccia e la attirò contro di sé. Poi abbassò la testa e inalò il suo profumo prima di baciarla sul collo. "Vi preferisco di molto nelle vesti di Viola."

Lei gettò il cappello dell'uomo sul sedile opposto e gli circondò la nuca con una mano, affondando le dita nei capelli scuri. "È un sollievo saperlo."

"Parlatemi della parte romantica del vostro libro."

"C'è un uomo brillante che cerca di aiutare un'aspirante giornalista in un'indagine importante che rivelerà la corruzione ai più alti livelli del governo."

Jack la guardò con interesse. "Ai più alti livelli?"

"È un'idea che mi è appena venuta in mente. Sto ancora cercando di approfondirla. Magari il Re – il mio libro non può essere ambientato nel presente – potrebbe assumere qualcuno che cerchi di assassinarlo per guadagnare sostegno a leggi che dovrebbero controllare la sediziosa classe lavoratrice."

Jack la fissò, l'eccitazione che gli scuriva gli occhi. "Buon Dio, siete *davvero* un genio. E spaventosa. Non potete scrivere una storia del genere."

Viola emise un suono contrariato con le labbra chiuse. "No, immagino di no. Ma mi verrà in mente qualcosa."

Jack tornò a baciarla sul collo, facendo scivolare le labbra fino all'incavo, strappandole un brivido. "Sarò lieto di aiutarvi. Soprattutto con la parte romantica."

"Ottimo. Per puro caso, è proprio per quella che gradirei maggiormente un aiuto."

Jack le afferrò l'orlo dell'abito e lo sollevò lungo la gamba. Un attimo dopo, Viola sentì la sua mano sull'interno della coscia.

Emise un gemito di sorpresa e pregustazione. "Manca poco a Berkeley Square."

L'uomo si alzò accanto a lei mentre le sue dita trovavano il suo intimo giù umido. "Allora farò in fretta." Le rivolse un sorriso diabolico un attimo prima di baciarla.

"Non troppo, spero," mormorò lei tra un bacio e l'altro.

"Non temete, amore mio. Rifarò questo e mille altre cose fino a quando non vi stancherete di me."

Viola lo abbracciò vigorosamente e lo guardò negli occhi con tutto l'amore che aveva nel cuore. "Questo non accadrà mai."

"Un brindisi ai futuri sposi!" Il padre di Jack sollevò il bicchiere di champagne durante la cena organizzata dalla vedova. Sebbene non fosse trascorsa nemmeno una settimana dal fidanzamento, Jack si sentiva già un membro della famiglia.

Eastleigh lo aveva accolto calorosamente. Lui e sua moglie gli sorrisero dalla parte opposta del tavolo. E sebbene la vedova non potesse essere certo descritta come calorosa o amichevole, era affascinante e interessata a Jack, tanto come persona quanto come futuro marito di sua nipote.

Futuro marito.

Il domani sembrava molto lontano, e tuttavia era così vicino da far sì che lui ne sentisse il sapore. Jack guardò a sinistra, in direzione di Viola, che stava sorseggiando lo champagne. Lo sguardo della giovane incrociò il suo e in esso lui vide l'amore che provava riflesso verso di lui.

Gli ultimi giorni erano stati una frenesia di preparativi per il matrimonio e il trasloco di Viola in casa sua. Sentendosi in colpa all'idea di abbandonare la nonna, Viola gli aveva chiesto di prendere in considerazione l'idea di trasferirsi lì a Berkeley

Square nella Stagione successiva. Jack aveva risposto che ci avrebbe pensato, ma aveva già deciso che era la scelta giusta. A quanto sembrava, si era innamorato di *tutti* i Fairfax.

Dopo cena, si trasferirono tutti in salotto invece di dividersi in base al sesso. Eastleigh diede una pacca sulla schiena di Jack mentre entravano. "Porto o brandy?"

"Porto, direi. Grazie." Jack lo accompagnò alla credenza. "Mio padre preferisce il brandy."

Eastleigh versò le bevande, compresi tre bicchieri di porto in più. "Questi sono per le signore."

"Viola ama bere il porto dopo cena?" chiese Jack. Quando Eastleigh annuì, si prese un appunto mentale. Aveva ancora molto da imparare riguardo alla sua sposa ed era ansioso di conoscere ogni dettaglio.

Eastleigh prese due dei bicchieri per gli altri, mentre Jack prendeva gli altri due. "Volevo farvi sapere che abbiamo bandito anche Pennington dal Duca Malandrino, per quanto sia improbabile che si faccia vedere a Londra nel futuro prossimo."

Le dimissioni dal Parlamento di Pennington, Caldwell e sir Humphrey avevano eclissato qualunque scandalo riguardante le frettolose nozze di Viola e Jake. Viola ci aveva messo del suo, includendo una notevole quantità di informazioni riguardo a quegli uomini nella sua rubrica mensile, che aveva emendato poco prima che la *Ladies' Gazette* andasse in stampa. Pubblicata il giorno prima, la rubrica di 'addio' di Tavistock era sulla bocca di tutti, al punto che il caporedattore aveva scritto a Viola proprio quel giorno, implorandola di cambiare idea.

Mentre Jack porgeva il brandy a suo padre e il porto a Viola, ripensò al giorno in cui lei aveva consegnato la rubrica e sorrise.

Viola afferrò il bicchiere, sfiorandogli le dita. "Perché sorridete così?"

"Stavo solo pensando alla faccia del vostro caporedattore quando avete consegnato la rubrica nelle vesti di voi stessa invece che di Tavistock." Jack non si era mai reso conto che una mascella potesse precipitare tanto in fretta.

Avendo appena bevuto un sorso di porto, Viola deglutì faticosamente e trattenne una risatina. "Non è corretto, da parte vostra, parlarne mentre sto bevendo."

"Mi avete chiesto perché sorridessi. La risposta era questa."

"È stato un momento molto divertente, non credete?"

"E voi lo avete pienamente meritato." Avevano discusso riguardo all'opportunità di rivelare la vera identità di Viola alla redazione della rivista, ma lei era sicura che i redattori non ne avrebbero parlato con nessuno. Erano rimasti inorriditi nello scoprire di aver dato lavoro a una donna e non volevano che nessuno lo sapesse. Jack si chinò e la baciò sulla tempia, poi tornò alla credenza per prendere il suo porto.

Anche Eastleigh era tornato a prendere il proprio. "Sono davvero contento che voi e Viola vi siate trovati, anche se è stato un percorso decisamente poco ortodosso." Il duca ridacchiò. "Non che io possa parlare. Mi ci sono voluti dieci anni per rendermi conto che ciò che volevo – ciò di cui avevo bisogno – era sempre stato di fronte a me."

"Anche mio padre ha commesso quell'errore," disse Jack. "Non che voi abbiate commesso un errore," si affrettò ad aggiungere.

Inghiottendo un sorso di porto, Eastleigh annuì. "Io ho certamente commesso un errore. Se mi fossi reso conto di amare Isabelle quando io e lei ci siamo conosciuti, avrei potuto risparmiare a entrambi una gran quantità di..." Il duca scosse la testa. "Come non detto. Non importa. L'unica cosa importante è che siamo insieme, ora e per sempre."

Jack era particolarmente felice di aver deciso di ignorare la tabella di marcia che aveva imposto a se stesso per la sua carriera e per il matrimonio. Poteva avere entrambi. *Avrebbe avuto* entrambi.

"Perché ve ne state lì a parlottare?" chiese la vedova. "Venite a sedervi con noi."

I due uomini si affrettarono a raggiungere gli altri; Jack si sedette su un divano accanto a Viola e Eastleigh fece lo stesso con sua moglie.

"Non stavamo parlottando," disse Eastleigh. "Stavamo celebrando la buona sorte che ci ha fatto trovare l'amore."

"Non c'è nulla di meglio del vero amore," disse il padre di Jack.

Jack lo guardò e intravide nei suoi occhi una nebbiolina che vedeva di rado. L'uomo era stato felicissimo di apprendere che non solo Jack stava per sposarsi, ma che si era anche innamorato. Onestamente, Jack era piuttosto sicuro che suo padre fosse stato più felice allora di quando lui aveva ricevuto l'abilitazione come avvocato o di quand'era stato eletto al Parlamento.

"Evviva, evviva!" concordò la vedova. Tutti bevvero.

Viola si sporse verso Jack e mormorò: "Immagino che dobbiamo ringraziare lo scandalo."

"Ringrazierò chiunque o qualunque cosa debba ringraziare per il resto della mia vita." Jack fece tintinnare il bicchiere contro quello di Viola. "Allo scandalo. E a *voi*. Avete fatto di me l'uomo più felice del mondo."

"No, siete stato voi a fare di me l'uomo – e la

donna – più felice." Viola ammiccò e lui ridacchiò sottovoce mentre la baciava sulla guancia.

Jack parlò in modo che solo Viola potesse sentire. "Se vi metterete ancora anche solo un baffo finto, io dovrò prendere in considerazione l'idea di indossare un abito lungo solo per darvi fastidio."

Gli occhi di Viola brillarono di calore. "Non mi importa cosa indossiate, purché ve lo togliate."

"Attenzione, Viola, o darò scandalo proprio qui, nel salotto di vostra nonna."

Viola gli rivolse un sorriso accattivante che era tipico di lei. "Chi ha mai detto che un solo scandalo fosse sufficiente?"

Jack le prese la mano e depose un bacio sul suo polso. "Con voi, amore mio, nulla potrebbe mai essere sufficiente."

Cosa succederà quando Giles Langford – scavezzacollo senza un soldo bucato – si innamora della sorella del duca di Colehaven? Scopritelo in UNA NOTTE DA RICORDARE.

Procuratevelo qui: *Una notte da ricordare*

NOTA DELL'AUTRICE

In *Una notte di scandalo* appaiono molti eventi e personaggi storici. I disordini di Spa Fields si verificarono nel tardo 1816 e l'attacco alla carrozza del Principe Reggente avvenne il giorno dell'apertura dei lavori parlamentari nel gennaio del 1817. A causa dell'atmosfera tumultuosa, il Parlamento creò una Commissione per la Segretezza, l'*habeas corpus* venne sospeso e fu approvato l'Atto sulle Assemblee Sediziose del 1817.

William Cobbett era l'editore di un giornale destinato ai lavoratori e trascorse due anni in prigione dopo essere stato condannato per diffamazione a mezzo stampa. Per evitare un nuovo arresto, fuggì in America nel 1817.

Sir Francis Burdett era un deputato che lottò per delle riforme e, agli occhi di molti, un radicale. Per Jack sarebbe stato una specie di eroe.

Stafford era il segretario di Bow Street e lavorava anche per il Ministero dell'Interno, per conto del quale coordinava informatori come John Castle. Castle era stato arrestato per falsificazione e aveva finito col fornire prove contro il suo amico socio in affari, che fu giustiziato per quel crimine. In seguito, Castle si unì ai Filantropi Spenceani e un agente di Bow Street, a conoscenza del suo passato criminoso, ne parlò a Stafford, che era il segretario di Bow Street. Stafford "reclutò" Castle come spia; ho usato le virgolette perché Stafford fece leva sul passato poco limpido di Castle per convincerlo a collaborare. Castle forniva informazioni sulle attività degli Spenceani e testimoniò contro James Watson nel processo contro quest'ultimo per il ruolo da lui svolto nei disordini di Spa Fields. Ma Castle non era granché come testimone e, ancora una volta, il suo passato criminale fu usato contro di lui, questa volta per distruggere la sua credibilità. Watson venne assolto e gli altri tre uomini furono rilasciati prima ancora del processo.

Era un'epoca politicamente tumultuosa, con agenti provocatori al lavoro!

Darcy Burke è autrice di best-seller per *USA Today*. Scrive romanzi storici e contemporanei sexy e coinvolgenti. Ha scritto il suo primo libro a 11 anni: una storia a lieto fine su un cigno assuefatto alla magia e sulla femmina che lo amava, corredato da illustrazioni orripilanti. Potete trovarla a https://www.darcyburke.com/readerclub.

Nativa dell'Oregon, Darcy vive al confine con la regione del vino, con suo marito chitarrista e i loro due divertentissimi bambini, che sembrano aver ereditato il gene della scrittura. In famiglia sono tutti gattari: hanno due bengalesi, un piccolo gatto cercatore di gloria che prende il nome da un frutto e un anziano Maine Coon, maestro della pigrizia e delle serenate alle cinque di mattina. Nel suo tempo 'libero', Darcy è una volontaria seriale; ha cominciato un programma in 12 passi in cui si impara a dire di no, ma continua a dover ricominciare da capo. I suoi posti preferiti sono

Disneyland e la Gorge il primo di maggio. Venitela a trovare online a https://www.darcyburke.com e seguitela sui suoi social media: Facebook a https://www.facebook.com/darcyburkefans, Twitter @darcyburke at https://www.twitter.com/darcyburke, Instagram a https://www.instagram/darcyburkeauthor e Pinterest a https://www.pinterest.com/darcyburkewrite.